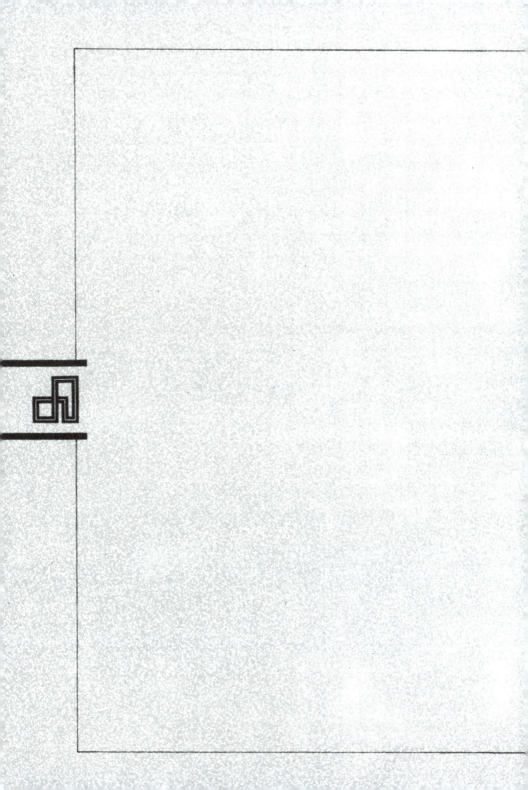

周芬伶 著

紫蓮之歌

目錄

PART 1【中文系女生】

PART 2

【甜爛年代】

PART 3【韓流來襲】

PART 4【南方又南】

PART 1

中文系女生

中文系女生

三十年前當我提著一皮箱新做的衣服到政大報到時，看到校門口就想搭原車回家，那比我小學的校門口還小還破，無奈讀台大的姊姊押著我不能跑，一個尚無性別意識的童女闖進性別大觀園，那是一個殺戮戰場。

東語系同學以台北人居多，女生一個比一個漂亮，又會打扮，她們穿火紅超短迷你裙，足蹬火紅高跟鞋，有的作嬉皮打扮，戴畫家帽，都市性時髦，我的土產衣裝在其中十分突出，鄉下沒有賣成衣，那箱新衣都是嬸婆親手裁製，規模跟辦嫁妝差不多，整整做了三個月，小花大花各式圓裙，記得領子上還有蝴蝶結，再繫個腰帶，比村姑更像村姑，那一整年我的心情比木柵的天空還灰。

有一天，女舍大廳貼了一張「東語系十大美女排行榜」，是男生夜裡偷貼的，讓我連作好幾天惡夢，這不是我想要的大學，頓時下定轉系的決心。

原來男生是這樣定義女生，第一次感到男性眼光的暴力，它要求形塑女人，並有等第之分。

很快的我學會將自己裝扮成都市風女人，又交了一個頂尖時髦的朋友黛絲，我們一起轉入中文系。

中文系女生跟東語系完全不同，男生女生分開坐，比較像高中生，大多穿軍訓校服，男生坐最後一排，楚河漢界，女生安安靜靜，連走路都沒聲音，她們還穿高中白布鞋，男女生幾乎不交談不往來，聽說是大一一場激戰，讓男女變仇家。黛絲跟我不久就有新的封號，她是「第一高峯」，我是「第二高峯」，因黛絲喜穿四吋高跟鞋搭超短迷你裙，我則是頭戴綠色碗公帽，長直髮，身穿窄背心水兵褲，足蹬三吋高跟鞋，進教室遠遠地就聽到鞋跟叩叩的聲音，在同學眼中我們是只知打扮的壞女生，我又感受到中文系的眼光暴力，的確，我們翹課翹得一場糊塗，轉系要補修學分，又有教育學分，加起來十幾門課，不翹才怪，我到台大旁聽外文系的課，也修政大西語系的課，修那麼多英文課，也不知要做什麼，反正英文好、國語標準是其時大學生的目標，我曾看見一個詩社社長因講一口台灣國語被恥笑。

轉系生本就被邊緣化，比我們更邊緣的是僑生，有韓國來的，越南、馬來西亞，我不知他們如何生存，他們完全打不進台灣人圈子，課堂內外都講母語，記得一個馬來西亞僑生，浴後結一條沙麗，不斷談家鄉的吃，她的國語夠好，還能交到一些本地朋友。

我只是要逃開重貌輕智的東語系，完全沒準備好要當中文系女生，那些身穿長袍滿口鄉音的老教授，比過去的老師都要可怕與陌生，而那是七〇年代，鄉土運動已悄悄開鑼，大學生人手一本黃春明、陳映真、卡謬、沙特。校刊上的文章三分之一跟嘔吐與死亡有關，更多的是風花雪月。

如果我能自覺，進中文系是我的新紀元，從此跟它糾纏一輩子，也許我會收斂一點，但我覺得這裡只是暫時棲身之地，不在意別人怎麼看我。

那是壞的開始，還是好的開始？

如今我站在講台上，看著台下的中文系女生，常想逃，一如多年前台下的我。

中文的十二堂課

轉入中文系我如魚得水，因爲對深奧的飢渴，讓我對詩詞與義理等課程非常投入，但一樣在文字、聲韻、訓詁等課程上受到重挫，沒想到好不容易逃掉韓文系研究聲音從胸腔到口腔的變化等課程，到中文系還是逃不掉，韓文系的教室前面恆常掛著一張胸腔到口腔的剖面圖，現在又出現在中文系聲韻學的課本上，我感到既荒謬又錯亂。

後來我才了解，研究文字、聲韻、訓詁，主要是了解古人如何說話寫字，最後的目的當然是讀經與塡作詩詞。經書也有好看的，〈學記〉、〈樂記〉、〈大學〉、〈中庸〉都很好看，最好看的當然是《詩經》，但這些對未滿二十的青春少女又太深奧了，《論》《孟》尤其彆扭，教《論》《孟》的老師，一上課就寫板書，都是他自己發明的案語，我們得一字不漏地抄下，考試時再一字不漏背出來，錯一個字扣一分，同學有遲進教室的，被罰站在後排整整一堂課。

我嚇壞了，能逃則逃，最具體的方法是背道而馳，讀外系的書、大陸的禁書，還有寫作。這些都種下我與傳統中文系的隔閡，但其時我不知道這隔閡才能保持批判的距離，原以爲是死路一條，後來才發現有逃生口。

當時的中文系完全以古典爲主，現代文學被視爲邪魔外道、洪水猛獸，我雖也喜歡古典，但我更喜歡現代，只有參加文藝營與寫作班，或自修自習，以滿足創作欲望。

喜歡創作的文學系青年，注定在當時中文系成爲異類，照老師們的說法，中文系以培養國文老師與學者爲目的，不是培養作家，這句話雖沒錯，但許多作家確從中文系出身，而且只有正面意義並無壞處，兩者並不相違背。

那時的討論集中在中文系是否要分爲古典文學與現代文學組，文大率先分組，到我的老師趙滋蕃先生主持東海中文系時，將現代文學列爲系必修，引起極大的反彈。革命雖未成功，他還是有遠見的，解嚴後，現代文學勢不可擋，從邊緣課程變成重要課程，它的聲勢確如洪水猛獸；現在的衝擊是中文系分爲傳統中文系與台文系，這種劇變震撼力更大，在一個系裡也有一國兩治，讓人精神分裂。

文學的主流在哪裡？不就是文學系與主流媒體嗎？現在的主流媒體扛不起文學這大

旗，中文系的角色格外重要，不要忽視它每年培養出成千上萬的國文老師，這些人又主宰著我們下一代的文學命脈。從中文系的改變更可看清楚文學的風向，五十年來，中文系一直存在著一個無形的文學公敵，也一直進行排斥教育，在以前是現代文學（包括白話文學與西方文學、當代文學），在現在是大陸文學（包含古典與現代），將大陸文學視為外國文學，真要讓中文系精神錯亂。我贊成台文系，也贊成建構主體性，但眼前能統合兩者的人材更為重要，而不是搞分裂。

放諸外國的文學系，從古典到現代，從考據到現代文學批評，無不兼容並蓄，一個研讀歐美文學的都要讀希臘悲劇，讀東亞文學的不敢遺漏唐詩中國古典小說，因我曾被排斥過，知道排斥之惡，雖然現代文學現在在安全地帶，但三十年風水輪流轉，還是不要當頑固的排斥主義吧！

叛逆與順服

進學院才發現自己的叛逆，這很可悲；就好像進入婚姻才發現自己不適合結婚一樣。

在這個講究高度服從的地方，叛逆的學生一出校門大多不會再回頭，有個同學在論文口試上被羞辱，在論文封底寫上「一生莫忘此辱」，然後把論文踢到床底下，從此不知淪落何處。我在大四下學期進報社實習，一心想當記者。沒想到考上研究所，讀一年休學，再進報社工作，復學後一邊念書一邊上夜班，想的是不再跟家裡拿錢，我自己覺得不會妨礙上課。但學校規定不能打工，屢次想報告所長，同學皆曰不可，後來鼓起勇氣向所長請示，他馬上變臉要我退學，他說：「沒有錢就不要來念書！」

我好像孫悟空被唐僧驅逐已經三進三出，一時如喪家之犬，連我那當時當助教的妹妹都說：「像你這種個性，不適合待在學院。」我打算放棄了，不念書也好，剛好符合心願去當記者，這時兩個老師出來保我，才得以留下來。

好幾次叛逃中文系，最後還是回來，我覺得都是這個系在容忍我讓渡我，沒有人給我麻煩，都是我在製造麻煩，要趕我的是老師，要我回來的也是老師。

當我教書以後，對叛逆的學生特別寬容也是這樣吧！叛逆是你對威權不以為然，或故意向它挑戰，或者年輕時自我中心，不願配合他人。或者只是因為溝通能力不好，我發覺我的配合度極差，也不太擅長跟別人溝通，只會埋頭做我愛做的，對別人的眼光視若不見。

就算是好老師也沒讓我順服，我出第一本書時，老師為我寫序，我還在他的稿子上刪了好幾段，老師氣瘋了，大作家的文章被小學生改，沒見過他發這麼大脾氣，我還回嘴：「你把我的資料寫錯了！」

老師病倒後，我又準備走了，直到他死後，才知道他為留住我，跟校方吵了一架，隔天晚上喝酒中風，就再也沒起來過。

我是個罪人，當我坐在分配到的研究室中，如坐進監獄裡，要坐多少年牢才抵得了我的罪過？

我犯了什麼罪呢？因爲我只知叛逆，從未學會順服，順服是看到別人的存在，並把對方看得比自己重要，你要先忘掉我，才有眞正的順服。

老師用他的死來教我順服，但這些年來我依舊叛逆。

因爲從未學會順服，所以一直留在學院，一再重修，不能畢業，從這角度來看，老師都是未畢業的學生，尙未眞正進入社會。

學院裡大家各搞各的，互不溝通，老師也越來越自我中心，只看見自己的好，見不得別人的好。

懂得叛逆，更要懂得順服，不是對威權順服，也不是對傳統或師長順服，而是對自己的錯誤，人會一再犯錯，然而不知錯也不改過，心常是分裂的，一個要往東，一個要往西；一半光明，一半黑暗；一半有知，一半無知；一半是男，一半是女；一半是聖，一半是魔；一半是生，一半是死，通通接受，無差別無等第才是完整。

我的功課是順服，而我尙未畢業。

霹靂教授與麻辣學生

一般人的印象中，中文系的教授不是老夫子就是老阿姨，其實這裡臥虎藏龍，理工科比的是外功，文科生比的是內功，那內力深厚的自然形成獨特風格，令人一見難忘。

我見過的霹靂老師還眞不少，Y老師長得有點像陳映眞，白而豐滿的臉龐有一點貴族的憂鬱，他在七〇年代穿磚紅POLO衫卡其褲，上明清小說時一講到買辦即咬牙切齒，上了半年課，還是在罵買辦，其擇善固執眞可成大事業，果然不久在鄉土文學論戰中成爲大將，我的本土意識也許受他點撥，今年夏天與他同堂考博士生，老師已退休，評論時事還是很火辣，歲月已老，風格不老，斯人多了一點孤獨。

另一個深受學生愛戴的羅老師，常是笑容滿面，說什麼都說「好好好」，一副沒脾氣的樣子，穿著跟學生沒兩樣，戴鴨舌帽，還背大書包，教的是極嚴肅的經學，無論說什麼都講到吃，可說到爲學重點時眼中有道精光，表情嚴峻如霜，老師的學問都在這道精光裡，常有不同前人的見解，他是把秋風吹向自己，把春風吹向學生。

另一個教義理的王老師，上課很精彩，妙語如珠，跳來跳去，十分活潑可愛，當時他也有六十了吧，還會跟學生騎機車飆速，學問人稱海峽第一人，他不立文字，一代禪師卻少傳人。

教唐詩的L師是九十幾歲的居士，我們上課都到白蓮寺，跟出家的師兄師姐一起上，老師講課也是跳來跳去，還吃花生米，他打分數常是一百，我佛慈悲，自性圓滿，他看萬事萬物也是一百吧！

然後是小說家趙老師，他一頭貝多芬亂髮，兩道匪寇般的濃眉，一雙鍾馗式的大眼睛，活像捉鬼大隊的隊長，課講一半突然大吼一聲，嚇死人。他叫學生都叫「孩子」，說的國語沒有一句聽得懂，但句句無廢話，把他的話一句句記下就是一篇好文章。他愛學生，學生更愛他，他病倒時床下塞滿錢，都是朋友、學生偷偷留下的。我們同門兄妹因爲愛敬老師也感情深厚，恩怨情仇跟武俠小說一樣精彩。

讀人有時比讀書重要，現在的中文系在劇烈變動中，我覺得不管古典、現代、台文，好的老師最重要，因爲文學風潮會改變，心靈導師的影響力無比深遠，他們豎立的典型風範，不就是文人與知識分子的氣質與風骨嗎？

回顧這些霹靂老師，他們的共通點是「一顆心活蹦蹦在胸腔裡」，因爲有靈性自然擁有的生機與創意。因之我們對年輕人也應寬容，把他們視爲英才，他們也就眞的成爲英才，把他們看成白痴笨蛋，他們也就成爲白痴笨蛋。

我年輕時有點小辣，現在不夠看了，當霹靂老師碰上麻辣學生，那就有趣了。有個學妹，一天到晚沉迷畫漫畫，有天不知誰捉弄她，她進系辦大剌剌說要找聞一多，大伙笑倒還東指西指，把她當呆瓜。人家現在可是很有名。

另一個學弟是北港六尺四，武功高強，耍起雙節棍不輸李小龍，他是研究明清小說的。

另一個學生穿著暴露，不是露乳就是露臍，要不露乳又露臍，她倒是煙視媚行，大大方方研究《金瓶梅》。

還有騎自由車的美女選手，跳街舞的西門町小子，小T小gay，現在的中文系眞的很不一樣了，當他們都變成中文老師，相信也很霹靂吧。

才女與嫌妻

叫什麼都可以，就是不要叫才女。才女與美女這兩個名詞一樣氾濫，而且都沒什麼誠意與好意。

一聽到你念中文系，馬上隨口送你一個「才女」封號；聽到你寫一點文章，「才女」又飛過來了，亂槍打鳥，讓你躲都無處躲。

外行人不懂也就罷了，中文人爲什麼要排斥呢？主要這名詞封建意識太強，又漫無標準，有時負面的意義比正面的意義要多。才女每每和孤傲和薄命和與世寡合相關。

娶才女必成「嫌」妻，歷史上雖舉不出什麼具體的例子，但被嫌棄是注定的。

我初結婚時，請男方的親朋來家裡作客，謙卑地做了一天菜，盡力表現婦德婦工，衆人一面大吃一面議論：「聽說你老婆是念中文系的，那是才女了，怎樣？娶才女寢食難安吧？」「你看那個某某，丈夫外遇，就寫文章討伐他，娶才女眞是太恐怖了！」

「不要叫我才女！」我心中不斷怒吼。

中文系裡的女性其實是蠻可悲的，就學時成績女生比男生好，而且是女生占極大多數的系，老師卻是以男性占大多數，難不成中文系的女生較無志氣？較無意願作高深研究？

中文系女生在求偶階段相當搶手，熱門科系的男生多想娶讀中文的妻子，早早的就被訂走了，在男強女弱的配對下，女性想作高深研究的希望渺茫，就算丈夫不反對，那也要一個人當三個人用，嫁給醫生生兩個小孩的S就說：

「孩子還小時，丈夫一個月值七八班，還到國外作研究，我常半夜一手夾一個跑急診室，那辛苦就不提了，連備課的時間都不夠，還寫什麼論文？自然是升不上去了！」

另一個嫁給富商的Y說：

「已經四十幾了，女兒都這麼大了，還要我生兒子，都流掉好幾個了，可是不生，說財產不分給我們……」

比較幸運的，夫妻同是中文系教授，基於夫妻不同系條款，通常是妻子退讓，到另一個較次的學校，兩地奔波，一個家分成好幾個，夫妻分居兩地，孩子託在娘家或保母家。其他系的女學者或者能得到丈夫較多的幫助，在仍父權的中文系中，女教師常是孤立無援，誰叫你自己要當「才女」？

婚姻品質當然不好，比較聰明的是乾脆不生小孩，最聰明的不結婚，如果想在學術上有較優的表現。

圈子裡的神仙眷屬當然有，比例上仍太少了。

女人在育兒時期，抽象思考是否較弱？我在懷孕坐月子時期，喜歡看美美的圖片，不喜讀艱深的文章，退化到跟幼兒同步，結婚十一年，只寫了兩本散文集、三本兒童小說、一兩篇論文。

逃離之後，七年寫了兩本磚塊厚的論文集、三本小說、三本散文集、一本口述歷史，回頭看，七年來日少停筆，是爲補償那段被壓抑的日子吧，也因病後怕哪一天再不能寫，不知是什麼在背後緊緊追趕，也許一個女學者，不但要有自己的屋子，也要有自己的孤島，逃離母性與妻性與社會化的呼喚。

只是要完成作爲人的完整圖形，迫不得已自私一點殘酷一點，才女倒不才女，嫌妻倒是眞的。

潛水鐘與蝴蝶的對話

記得那是聖誕節的前一天，老師因中風腦幹斷裂而昏迷，趕到醫院時，全身插管，跟植物人沒兩樣，情況十分危急，在加護病房躺了近三個月，我幾乎每個週末從台中到台北看他。後來發現他的手指和眼皮還有知覺，他的意識是清醒的，可以用眼皮回答，我們告訴他如果是的話，眨一下眼，不是的話，不眨，如此還能進行少許對話，大半時間非常消沉疲累。

有一天下午，加護病房中只有我在一旁，四周安靜得有點可怕，我走近老師身邊，問他知道我是誰嗎？他眨了一下眼睛，我的眼淚馬上滾下來，再問可以在我的手心寫出我的名字嗎？他的手指在我的手心緩慢移動，畫了一個小圓，外面一個大圓，那是「回」，他一向喊我「二回回」，因我在家排行老二，回回是隨口亂叫的，他叫女兒「飛飛」。

再問他：「《文學原理》寫完了嗎？」他眨了一下眼睛，「稿子在哪裡？放在宿舍嗎？」他眨了，「藏起來了嗎？」他沒眨，「稿子找不齊，剩餘的在哪裡？」他沒眨，「我來替你整理出書好嗎？」他眨了一下，接著再問什麼他已淚盈滿眼，不想回答，似乎意識到死亡。我在他手心上寫了「活」字，寫了很多次，要他一定要活下去，他的淚從眼眶流到頰上，然後滴到床單上。

醫生本來說隨時會死，老師奇蹟式地拖了三個月，然後在無人知曉的清晨離去，一時天地崩裂，愛我如子的老師走了，我能報答他的只有整理他的遺著，根據他的說法，全書三十萬字，已發表的有十幾萬字，尚缺十幾萬，到他的宿舍去找，只找到一大堆資料卡，大多是上課用的資料，不是書稿。心裡雖失望，就與兩個學弟學妹把那箱卡片搬回來，寄存在學妹處，在我的想法，保管老師最珍貴的遺物，那代表我會遵照他的遺言，把書完成出版，我們的筆記比卡片更詳細，那些卡片並無參考價値，不久全數歸還師母。

後來集合幾個師兄妹之力，藉上課的筆記才把書完成，因爲這樣師兄妹常常在一起，與D有更多的時間相處，因爲老師的關係拚命加分，不久嫁給他。

我不相信師門這件事，有師門必有同門相鬥，有欺師滅祖，但我相信緣分。

如果沒進中文系，就不會認識老師；不認識老師，就不會在中文系成為砲灰，也不會認識D；不認識D也就不會有我的兒子，兒子在老師死後兩年出生，性情近老師，熱情爽朗。我一直覺得老師用奇特的方式活著，或者因為那個下午無聲的對談已成永恆，讓我錯覺老師不曾離去。

生命如扣環，一環扣著一環，有時還打了死結，所謂的恩怨情仇常以性命相見，以生死決鬥為結局。

很痛苦也很甜美，很絕望卻不能放棄。

至少我比別人多了一點點，誰能碰觸到心靈無言之祕？誰能聽見潛意識之海傳來的蝴蝶語言？誰能與死神對話？當一個人面對死亡，你在他的手心寫下「愛」字，他會含笑而去；在他的手心寫下「活」字，他會盡力的活下去，用他奇特的方式。

最怕是寫下「恨」字。

作家的死亡功課

老師一半是累死一半是故意，血壓高到兩百二十，還喝烈酒吃肥肉，不久倒在沙發上，再也沒有起來。

他爲了現代文學課程在中文系屢屢受挫；他也活得太累了，眼睛因糖尿病黃斑病變讓他視力如盲人，這對一個作家來說，無異死亡。他常說活夠了，他已死過兩次，一次是在戰場上，一次在華岡突然中風。兩次皆有瀕死經驗，過去的事蹟快速倒帶，如同最後審判，醒來後他慶幸地說：「這輩子至少我沒害過人！」

他活著的時候，權勢名位都有了，書暢銷到盜版橫行，穿全亞洲限量一件的襯衫，錢放在抽屜任難友來拿，這樣的作家應該夠風光了吧？葬禮也極盡哀榮，但死後不久作品幾乎被遺忘。一般的說法是他的作品反共意識太鮮明，從未書寫台灣，在台灣正要建構主體性時，這類作品注定要被打入冷宮。其實他寫過類似「十大建設」的報導文學，還得了大獎，那些作品或許價值不高，但他香港時期的小說是值得注意的，尤其是描寫難民的《半下流社會》，描寫罪民的《重生島》，在後殖民的觀點下，其流放主題與離散書寫是超乎地域的，其醜絕美學則是後現代的。作品好不好，留不留得下來，不是一兩個說了算。

對於正在打仗的作家來說都是過河的卒子，只有往前衝，絕無回頭。往前往後看就算看明白，也沒有用，你有多少斤兩，自有一公正的秤存在。

作家大多是與魔鬼交易的人，在自己的作品中死過好幾次，有一天當他意識到生命將盡，他也會再一次創作自己的死亡。寫作這行業不是死亡風險中最高的一群，至少比影歌星、軍警人員好一點。但老師的死告訴我，活要活得盡性，寫也要寫得盡性，死的時候不留遺憾，也無須畏懼。生命是值得活的，我們要愛生惜生燦爛地散發光芒，就算光芒已逝，也不用惋惜。聲名如流水，潮來潮去皆無蹤。

老師的遺書上說，活著最重要的是追求恩愛，而不是恩慈，他是虔誠的基督教徒，不追求恩慈而追求恩愛。因爲恩慈成聖，恩愛成痴，恩慈是單向的，恩愛是雙向的。人要成痴才會活得淋漓盡致，將生命力展現到極致。那時他已下定死亡的決心。他走得如此堅決，那也是一種痴，痴到決絕。

一般人有恩無愛，有愛無恩，很難兩全，愛的反面不是恨，而是冷漠，在冷漠中還能開出一朵花，那即是恩慈。人活到最後就是自己一個人，沒有恩愛，也只能追求恩慈。

朝聞道，夕死可矣。不知死，焉知生。現在的自殺率不斷攀高，我不贊成輕易向死神妥協，但誰又願意輕易向死神妥協？我們都能同情地了解瀕死之人嗎？

但只要心中有恩慈，有恩愛，痴絕美絕，必然會在死亡的盡頭回頭一笑吧！

最怕是放棄，仇恨，不甘，沒有恩慈也無恩愛，死亡也不能解決什麼，徒然造成一縷冤魂而已。

老師的死也告訴我，寫作不必急，慢慢來，最後倒在稿紙上的才是好漢：聲名來的時候不必歡喜，聲名絕對是叛徒，當你剛開始相信它時，它早已背叛你了。

從高雅到俗辣

朋友對我的新專欄極不習慣，有的說「潑辣」，有的說「不像我」，所謂的像我，大概是古早以前絕美哀淒的筆調吧，但那就是我嗎？只能說多年文學的環境造成的，讀文學，教文學，寫文學，三十年待在學院，等於沒出過社會，文學純度高達百分之九十，這樣的人眞的有點乏味，應該把百分之十留給俗辣的人生。

凱莉確有其人，但經過改裝，她代表的是高雅的另一端，她喜歡文學，但文學純度只有十，我喜歡這種沒被污染過的奇葩，她的工作血淋淋地面對人性，一點也不知做作，她的言語時常帶著暴力，現代的年輕人不都是那樣嗎？她喜歡三C用品遠勝過名牌包，我笑她是「電車女」，她笑我是「爛文人」，她的興趣愛好完全跟我相反，她對我的毒評常令我哭笑不得，最主要的是她是我假想的讀者。凱莉代表我沒被激發的那部分。

韓流也是怪現象，主要是它的俗辣吸引我，當我們遺失故事，卻在韓劇找回故事，現代小說不講故事，人們就在八卦新聞、偷拍光碟裡尋找，多現成的男女主角，多聳動的情節，讀者還可以自己添枝加葉，小說不就是「街談巷語，道聽塗說」嗎？

身爲中文系女子，處在傳統五千年虛擬老店中，看自己走過的歲月，彷彿也憬悟什麼是道統，前人未完的理想。

我試圖在型構傷痛與愉悅的地圖學，高雅與俗辣的地理學，精明與痴愚的都市學，以東亞爲中心，卻是是意識亂流地自由遊走。多年的寫作經驗告訴我，計畫寫作不能太刻意，現在我並不那麼刻意。

美是相對的不是絕對的，經過比較，才知其中之荒謬與可變動性，《詩經》是高雅的，但也有俗辣的句子；《紅樓夢》是高雅的，但也有俗辣如劉姥姥那樣的人物；古典音樂是高雅的，但也有俗辣如華格納；主流媒體應是高雅的，現在也是一片俗辣，什麼粗口都可以成爲標題。散文是語言的實驗室，不可能假裝不知道。

美學口味的改變不是一時造成的，也不會突然消失，明清小說也多有俗辣之作，什麼《玉蒲團》、《九尾龜》，連《西廂記》、《金瓶梅》、李漁的小說戲曲都有點俗辣，時代的風氣使然，它們後來卻造成《紅樓夢》這樣集高雅俗辣於一身的作品。

而高雅與俗辣也有可能是過氣的美學，在這分崩離析的年代，誰也不知誰需要什麼，每個人只想表現自己，沒有美學的美學或是各有各的美學就是我們現代的特色吧！無深度、無主流、無大師，這是零分的美學？

我覺得現在的台灣人才開始有一點愛美，雖然還是俗辣的，如名模整形風，如台客，連男生也愛美，這種愛美運動剛開始是粗淺，也許有一天會深入一點，但當有一天從皮相鑽到心靈，那也許是另一個文藝復興的開始。

新美麗主義

有次聽大陸來的專家演講，他說現代主義之後不是後現代，而是復古主義，其實後現代的懷舊與諧擬即是復古，兩者並不違背，復古是後現代的特質之一。復古主義絕無法單獨成為一主義，好比明代的復古擬古風氣不能說是一大主義。凡是主義必有創見與反動，質與量並進，名家輩出，非喧騰個一兩百年不可，復古只能說是過渡，或是一種文學手法。

復古懷舊風既是當前文化的特質，哪些是値得復古的？現在的復古家具不倫不類，看了令人駭笑，塑膠皮座椅，圓形化妝鏡加兩盞美術燈，只有三分像，怪不得眞古舊品搶手得很，一個老汽水瓶老電風扇都有人當寶貝；流行服飾的復古，較複雜，皮質鞣得舊舊的，皺皺的，說是搖滾風，牛仔褲又是石洗又是水洗，就是要那破舊不堪的感覺。

什麼東西扯上復刻版也是大賣，Chanel 2.55包復刻、LV老商標復刻、鐵皮玩具復刻、小布復刻……凡復刻的都比不上原創的。

我手上有一個早期的阿茲小布，雖說只有兩三年之差，那精緻細膩感是後來大量製作的粗品遠遠比不上的，我有了阿茲，就不愛新娃娃。鬥彩後仿品，以雍正爲最佳，其細膩度差可比擬，然又有新意，雍正鬥彩，其美感不輸成化。

需要復古的不是外形而是內涵，老件之所以好，是那份不計時日的費心費力。量少質優，手感細膩，這才眞正感人。

在文學上，恢復自然主義的精神，用顯微鏡寫作，從一粒沙見世界，方見眞功夫。寫實主義是不必復刻的，它本身就是人生的復刻；現代主義太自虐太做作，而自然主義自左拉、福樓拜以來，一直沒走完，因爲後繼無人，緊接著太快進入現代主義。再回頭接上是可行的道路，像董啓章、阮慶岳式的復古，余秋雨、章詒和式的復古，郭松棻、蕭麗紅式的復古，我覺得是成功的示範，因爲手工細膩，它不是古典的復刻，而是古老精細手感的再現。

更重要的是精神層面的，自從魯迅、張愛玲以降，現當代文學對魔道的探討已無所不盡，也已到令人髮指的地步，文字之沉倫可謂前所未有，我覺得舊俄小說對人道的堅持與王國維對神聖的追求是可以復古的，現代人的罪責感是如此沉重，對心靈的救贖如此渴望，對神聖的追求又是如此急切，這不是又新又古的新大陸？

歷來的大師都是又新又古的，不新不古的，李白復的古是漢魏之風；曹雪芹復的古是竹林七賢與《世說新語》，魯迅復的古是劉鶚與屠格涅夫；張愛玲復的古是《海上花》與《紅樓夢》，復古也是創作的一帖良方。

再來是愛美的精神，凡人都是愛美的，最近的台灣人才開始愛美，藝術家更是愛美如痴，可現代藝術是荒誕美醜怪美之大集合。我們需要一種清新自然的美感，甚且是極單純的，如同嬰兒的眼眸，夏荷的風姿，少女的笑靨，如此新美，人人皆懂，人人皆能欣賞，至於那講求宇宙高度的醜怪作品，就算了吧！

透明太透明

從玻璃帷幕大樓裡看出去的天空，有點灰色調，那是我們現代人看天空的方式，蓋一座巨型玻璃花房，與自然隔著一層透明玻璃，似有隔似無隔。

玻璃帷幕大樓是後現代文明的經典產物，它像鏡宮一樣標誌著現代人追求的透明之美。班雅明說巴黎拱廊造成現代人的「震驚」體驗：玻璃帷幕大樓帶給我們的應該是「失魂」的效果吧！它讓我們四分五裂，魂飛魄散，那被大塊切割的大樓，不就像是我們分裂的心靈嗎？

散文是最透明的一種文類，以能最清晰地讓讀者看見作者的心靈為最美，不像詩以含蓄朦朧為美；小說以剝離作者的折射為美，散文雖也有含蓄隱晦的，但也要露出一點冰山之角才能觸動人心。

我也有段含蓄隱晦期，現在看起來反而矯揉造作，刻意的含蓄即是矯情。我贊成寫作時要自制，或者保持一點批判距離，那是阿波羅的理性之美，但我更嚮往酒神的醉狂之美，生活太壓抑也太多面具，如果連寫作都無自由，到哪裡去尋找自由？

有人說我的文章太透明，似乎一點也不知保留，我看過比我透明太多的文章，如莒哈絲、卡謬、三島由紀夫，我也喜歡施明正、吳濁流這樣百無禁忌的作家，他們都是透明的。

像李敖那種不叫透明，叫露骨，他的自傳最透明但也最難看，像帳簿一樣。但我也覺得美無絕對，透明與隱晦只是一個比較級。散文家中有極隱晦的，如魯迅的文章太多透明，他的《野草集》就十分克制，那是我最喜歡的一本；張愛玲的文章大都隱晦，我卻最愛〈私語〉，那是她透明度最高的一篇。

現代人說話也較透明，年輕人幾乎都是毒舌派，雖然有時俗辣到令人倒胃口，什麼樣的粗話都可以作新聞標題，那又太透明，完全失去美感只有醜感，但至少他們不太說客套話。

影像化數位化的時代，人人以自曝自拍爲美，裸露身體稀鬆平常，連賣菜的阿婆也要露乳溝，太透明了吧！人與人之間再也無神祕感，我覺得物極必反，太透明也不好，至少隔一層紗，一層玻璃帷幕，這樣看出去的天空，經過玻璃與陽光的折射，也許有那麼一點淡漠的美，像海市蜃樓。

乾燥

打開密封罐，裡面風乾的荷花像千年絲帛，一碰立即碎裂，這是四年前妹妹買來的治療渴症偏方，記得初來時，一朵朵堅實粉紫，彷彿剛從水中撈起，泡在熱水中成金黃色，荷花在水中活過來了，夏天的滋味很濃。

現在是荷花木乃伊了，這是我看過最乾燥最脆弱的東西，我卻沒有一絲不悅，它像風乾的古老書冊開始有了靈魂。

我也喜歡乾掉的蓮蓬，空洞的蓮坑，像無數張吶喊的嘴，在秋天的水邊常飄飛凋落，令我想到「平生如轉蓬」。

因爲乾燥才擁有靈魂，我收藏著荷花的靈魂。

尼采說：「一切好東西必須變得乾燥。」好比一本書受到如潮水般的討論與爭睹，它太潮濕了，終將失去本色，必須經過長久的時間風乾，使它變得十分乾燥，它才露出本相，這時才具有超越時空的沉靜。

我喜歡圖書館與博物館，或者古蹟遺址，皆因爲它們夠乾燥。陶瓷鑑定之道，關鍵在釉水與胎土，越古老的瓷器越乾燥，釉水的火光全消，胎土乾如齏粉，乾，乾到令人受不了，可是它改變空氣，似乎將時間摺疊又摺疊，抽光一切水分，泥土也有了靈氣，如同玉石一般內斂堅硬。

人在年老時易患乾眼乾渴之症，好不容易等到乾燥，然不能欣賞，我們欣賞的青春少女，都是水汪汪，濕，濕到無法呼吸；我們爭睹的熱門書，也是濕，濕到令人無法呼吸。水分在物體中的作用，使它光鮮亮麗，從而產生幻影。

漸漸可以分辨哪些是已然乾燥的書，經過幾十幾百年，再也沒有人爲它爭辯、討論，它靜靜地躺在書架上的一角成爲書籍木乃伊，但你仍可以感覺它在發光。

找到索忍尼辛的散文詩時，我覺得它還會出現在書店架上簡直就是奇蹟，淡綠色的封面，細小的字體，紙張微黃，訂價一百，我趕緊買下來，文章還是不錯的，所有的討論已隨風而逝，它已被人世遺忘，我聞一聞書冊，熟悉的乾燥氣息從書裡飄出來。

人類的確夠健忘，索忍尼辛還得過一九七〇年諾貝爾文學獎，被稱爲蘇聯的良心，如今蘇聯已瓦解，良心也沒什麼用了。

重讀魯迅的《野草集》，驚訝地想跳起來，大聲念誦，那些字夠乾，必須到一定的年紀才領略它的好處，尤其是序文，一字刪減不得。雖然魯迅還是潮濕的人物。

一本書如果太受歡迎一定有問題，這樣的書十年二十年後不會有人再談論它，必須等一段乾燥期，如果五十年後還有人談論它，那麼它確是一本值得流傳之書，這裡面也有一種公平，太潮濕的書得一時之名利，乾燥之書得到永恆。

最近重讀我的老師趙滋蕃先生的作品，他去世不滿二十年，幾乎已沒人再提起他，當他正紅的時候，我見過他的盜版作品如潮水般擺滿地下道馬路旁，然作家才剛閉眼已被遺忘，但這是乾燥的必經過程，乾燥不等於死亡，而是重生的開始。

大暑

過去書寫台灣鄉土的作家，很少提到氣溫，尤其是南部的高溫，那是亞熱帶的白熱陽光，讓人想殺人的北非陽光，龍瑛宗寫的〈植有木瓜樹的小鎮〉，背景就在我家鄉附近的萬丹一帶，準確地描寫高溫下的鄉鎮，東西容易腐爛，人心也隨之腐爛。

一出外面，正午的太陽要烤焦腦頂一般強烈地照遮，街上洋溢著白光。

在南部常看到果園掉落的水果，才一天就腐爛，市場彌漫著酸腐味，還沒冰箱的年代，食物放一天就腐爛，只好煮得死鹹，酸菜、酸筍是很好的防腐劑，家家戶戶都拚命加。海邊的動物屍體散發著惡臭，米飯也一餾再餾，就怕「臭酸」，人們養成在吃前先聞有無臭酸的習慣，夏天裡到處是「臭汗酸」的人，腐爛是每天都在進行的事。

龍氏筆下的鄉土是黑暗也是頹廢的，這跟他生長的北埔相關，在日據時代，北埔是個繁榮小鎮，先是因為採樟腦而發達，然後是茶山，沿著媽祖宮前發展出一條商業街，龍氏家的雜貨店就在廟口頭幾間，紅磚造的二樓建築。經濟應該是不錯了，但在文章中的故鄉常是黯淡的，這是緣於廟口的文化，通常廟口前是雜耍與小販雲集的賣場，是孩子們的樂園，然就在廟口之側彎曲的小徑，叢生著陰暗妓女戶與鴉片館，光明與黑暗，神聖與墮落並生，住在廟口長大的孩子，過早感知人生的一體兩面，跟生長於田野的小孩不同，有著世故的早慧。他的〈黃家〉、〈黃昏月〉就是這樣的產物。我沿著他的老家走向廟口及廟側的陰暗狹窄小徑，似乎觸摸到他的心。

描寫鄉土而能正視鄉土一體兩面的作家並不多見，六、七〇年代的鄉土作家有的過於美化，有的過於醜化，如實地面對鄉土，回歸感官的層次，有時是色彩，如川端康成描寫純白的雪國；有時是氣味，如徐四金以氣味記錄巴黎；有時是觸覺，如莒哈絲描寫越南人芒果般的肌膚；有時是聽覺，如張愛玲描寫市聲與電車聲；有時是陽光與溫度，如卡謬描寫的北非。

僕僕地走在乾透而龜裂的路上，汗珠微溫地爬滿臉上。

韓國女作家朴婉緒懷念自己生長的故鄉，寫的是蹲廁的快樂，一排小孩光著屁股努力製造肥料，並分享著鬼故事，韓國人對排泄一事頗爲坦率，電影《總統的理髮師》裡講的也是拉肚子匪諜事件，鄉土寫到這裡有點嘉年華的意味，令我想到我們也有阿盛《廁所的故事》。

而如實是如何困難？那令我在泰國昏倒的不正是如同故鄉的景象與高溫嗎？似乎那一刻才看清楚故鄉的面目，那入夜後還停留在體內的高溫，緊貼冰涼的牆壁才稍稍得救，腐臭的魚蝦，酸臭的汗味，微酸的隔夜飯，蒼蠅雲集的動物屍體，白熱化的陽光，空氣成絲狀彎曲，萎掉的花朵，家家戶戶皆有的餿水桶，有著綠色霉斑的米粿，還有廟口之側坦胸露乳穿透明睡衣的妓女，陰暗的茶室，戲院瘋狂演出脫衣舞，而我盲目地擠在第一排，不知大家在興奮什麼，爭睹些什麼，偷溜到後台看見許多一絲不掛的女體，性之一事確具震撼力，是會讓人恐懼而昏倒的。

所以長大以後我儘往寒冷的北國跑，微雪的西安，秋涼的京都，嚴寒的新英格蘭，早冬的歐洲，春寒的韓國，停留在高緯度，是在逃離厭惡自己的故鄉吧，如今漸漸逼近低緯度，我的心越抽越緊。

憂鬱地圖

地圖，扁平的；地球儀，圓的。

在大發現與大航海時代，探險家或航海家的畫像，面前或背後少不了一個地球儀。

對地球儀著迷的人，大多都有冒險精神，還有一顆流浪的心。

朋友L即是對地球儀十分著迷的人，她說：「從小我最喜歡的東西就是地球儀，我的書桌什麼都可以不必有，就只要一個地球儀。」L三十五歲以前沒出過國，一出國之後，無法停止腳步，在每個國家飛來飛去，北至俄羅斯、挪威，南至非洲，看她長得秀氣病弱，林黛玉一個，竟然能在苦寒的北國住下來，最後她放棄台灣的一切，獨自在海外浪遊。

我常戲言她前輩子是南極探險隊員或哥倫布之流，那個地球儀主宰著她的生命，也成爲她心靈的象徵。

我喜歡地圖，但也沒有到L的程度。喜歡地圖的人大多是理論派，什麼河川流過哪裡，鐵路起點與終點，緯度多少，國土面積多少，我想年鑑學派的學者大多也是地圖的著迷者。

我也曾經喜歡背地圖，以前念地理，想到哪個國家哪個省份，就憑記憶畫出來，中國像一片楓葉，台灣像番薯，西班牙半島是馬靴，美國像牛排，非洲像桑葉，東南亞最難畫，小島多到數不清，無法標示，但對東南亞我有一種迷茫，很接近又很遙遠，神祕而無法理解。

亞洲之強大多集中在東北亞，東南亞自然較受到忽視，台灣的位置很尷尬，在東北亞與東南亞之間，人種與氣候較接近東南亞，卻以漢文化爲中心，在威權時代時，還是中華文化復興寶島。

對於一個熱愛地圖的人，他有國界的觀念，有空間的概念，多半他只作心靈旅行，心靈無所不至，上天入地，尋找的也就是一個答案：人在這世界，到底要走向何處？除去最後的死亡終結，人如何與這世界作聯結？

早年我對日本與中國充滿文化幻想，從台灣一路走到延安，又從延安走到上海，希望能捕捉中國之心，但終究落空；然後在奈良東大寺，感受平安王朝盛世；到橫濱現代文學館，感嘆日本人對現代文學的重視，該去的國家大多去過了，然而我的心靈地圖仍然支離破碎。

我到底在找尋什麼？或者是年少時那個愛畫地圖的夢幻者，或者是病餘的神遊？我要描繪的是一張憂鬱的地圖；一張荒謬的地圖，一張殘破的地圖，用以訴說生命的荒誕，存在的困境，它也是一張古老的地圖，我所熱中的古文物，讓我遠征沙漠，深入不毛，並沿著海上瓷路一路探索，或者追蹤鄭和下西洋的足跡。

地圖也是帝國的象徵，殖民地者不斷擴大版圖與疆界，並發動戰爭，他們指著別人的國土，演練著如何入侵。

我想我不再愛地圖，甚至想撕毀它，撕毀地圖，即是對帝國主義的抗議。

我們對歐美了解太多，對我們鄰近的東南亞了解太少，以前的流浪者或海外學人，或徜徉在賽納河畔，或在哈德遜河畔，現在我只願穿著短褲，戴著草帽，在粉紅雞蛋花下打盹。

南方，或更南，那是我的鄉愁，也是我的憂鬱地圖。

明信片情事

最近接到兩張明信片，一張畫有紫色風信子，一張畫著秋葉中的日本和服女子，觸動我一些古典的情懷。寫的都是感謝一類的話，像這樣的信介於回與不回之間，都是重要的初識朋友，不寫信而寄明信片，不想太正式，也體貼地暗示不用回，誰會回覆明信片呢？

我已經很久沒有提筆寫信，一切信件電腦化，但這兩張明信片我都想回覆，故意放在書桌明顯的地方，可天天看也沒提筆。倒是那兩幅畫彷彿會說話似的，以哀哀無告的神情望著我，似乎在說：「什麼時候回呢？很傷腦筋吧？眞回了，對方會不會嚇一跳？畢竟沒有人會回覆明信片的，更何況沒地址哦！」

不禁要小怨那些愛寫明信片的人，對你丟出一個難題，小時候父親常出外出差或旅行，每到一地就寄回一張明信片，沒有特定的對象，但態度是很認眞的，有時還不經意地流露想念或無人傾訴的寂寥，我常有回信的衝動，但地址多半是旅館或飯店，隔一天就走了，他每換一地就寄一張，收到時已成過去式，有時最後一張明信片抵達時，人也回來了。

我覺得虧欠他什麼，他倒把那些明信片都忘了。

寫明信片是不是一時的衝動，或者是那張圖片勾起他內心的什麼，或者只是外出遊玩者的內疚感？

也許是這樣，我旅行從來不寫明信片，連電話都不打，家人都說我出外像丟掉，懷恨在心的說我像經濟犯，捲款而逃。美術館的明信片特別精美，我看一看又放回去。

法國小說家西蒙，好像有一篇以明信片爲主寫成的小說，一張又一張的明信片，串連起來就是一篇小說，有時空有情節有人物，一個場景接一個場景，那個人走過一個又一個城市，發生了一些事，大多數是內心獨白，讀的人非常難能進入他的世界，那畢竟是陌生的遠方，也許永遠不會去的城市，寫的人認眞地寫實寫生，讀的人虛幻又悵惘。

於是我把桌上那兩張無關聯的明信片讀成小說：

秋天的早晨，剛下完一場小雨，公園座椅有點潮濕，傘呢，剛放好，就聽見他朝我走來的腳步聲，「很高興能見面一聊，但我有急事要走了，你在等人嗎？我先走了。」他忘記我們約好去觀賞紫色風信子，我坐回椅子上，沒發覺裙裾濕了一大片，業已發黃的秋葉還好端端的在樹上呢，我自言自語：「下回再約，你不會忘吧？」

我們的斷背山

最近有點怕進電影院，怕看到難看的電影立刻昏死在座位上，我曾在看《魔戒》時睡了一小時，一個需要靠安眠藥才能入眠的人，能讓她睡著的電影大約有令人無法容忍之處，尤其是風頭健爭論多的，大多不可靠。

最近每個人都能說出一套斷背山理論，無論是同志或非同志，這很詭異。

因爲凱莉死推薦活推薦，終於去看《斷背山》。

一部平淡含蓄的同志題材電影，不過不失，是異性戀向同性戀越界的電影，東方美學與西方美學雜膾的多國合作的成品。

踰越的快感、混雜的炫異，流行符號的炒作，看完有兩個多小時牛仔裝廣告片的感覺，裡面什麼都說了，什麼也沒說，同志看了覺得還可以，非同志看了覺得突然了解同志，許多人看了說：「裡面探討的不是同志，而是人人都能體會的感情。」

普世價值的對立面可能就是扁平，無國界、無祖國、無深度。

從《哭泣殺神》到《臥虎藏龍》到《追殺比爾》到《斷背山》、《藝妓回憶錄》，這種越界與文化雜燴電影，已匯集成流行的炫異美學。

怪不得本土電影一蹶不振，小蝦米如何對抗跨國合作？

當我們正為華人導演揚眉吐氣而驕傲時，沒有看見他背後的多國組合與龐大資金。說來說去它還是一個商業包裝的作品，雖然是獨立製作，裡面屬於李安的部分只有百分之十，可能是東方「睹物思人」的內斂情感表現，這也是它能感動西方人的地方，東方人感動的另一個部分，也許是西部牛仔，也許是性別滑向另一個性別的快感。

這種滑動的快感，是很微妙的，你明明是異性戀／非牛仔／東方人，在電影院的黑暗中不知不覺滑向同性戀／牛仔／西方人，這種錯亂是很微妙的，就好像劇中牛仔作完愛時說的第一句話是：「我不是同志！」對方馬上回答：「我也不是！」他們在滑動，觀眾也在滑動。

當我在書寫時踰越性別，那感覺是微妙的，也是亢奮的，那裡存在著一個新大陸，另一個異己，滑動令人狂舞、令人悲欣交集。讀者在讀時也感受到踰越的快感，亦是令人狂舞，悲欣交集。眞正同志的作品反而是陰鬱且封閉的系統，不滑動，不狂舞，因爲不被了解，孤絕且死寂，在文化與社會的邊緣凝結，因爲游離不再靠攏，這是《孽子》、《蒙馬特遺書》與《荒人手記》的差別，蔡明亮與李安的差別。

然電影是最虛幻的藝術，它讓我們產生的幻覺更多，性別踰越與國界踰越眞的有那麼容易嗎？

我們未來的美學，是不是像《哭泣殺神》那樣，漫畫越到電影，混血兒超人類越向大銀幕，龍的圖騰越到西方武士刀越進好萊塢的多國組合，電腦合成畫面，怪異的風味，不眞實得令人齒冷？

感謝李安沒讓我睡著，但我寧願去看印度電影、伊朗片或老片，那裡有一些較純粹的東西，可以稱之爲我們的「斷背山」。

PART 2

甜爛年代

如果你有AB型兒子

有個AB型兒子心裡是很複雜的，他表面上很安靜，看起來就像乖巧的A型寶寶，誰知道他一肚子鬼，不時觀察你的一言一行，一出口必命中要害，對於言行不夠謹愼的A型媽媽來說，漏洞眞是多到數不清。有一回朋友帶兩個孩子來家裡玩，我各自爲他們準備禮物，又帶他們出去吃飯，才五歲的孩子當衆發表議論：

「媽媽只喜歡別人的孩子，不喜歡自己的孩子！」

我當下沒有解釋，回去嚴肅地對他說：

「對別人孩子好，那是禮貌；對自己孩子嚴格，那才是眞的愛你。」

「那你爲什麼買貴的東西給自己，捨不得給我買一百元的玩具？」

說得我啞口無言。

陪他練鋼琴，不斷指出他的錯誤，較難的無法發出批評，他一面彈一面斜睨著我說：

「怎麼樣？這段你不會了吧？」

他又是個鐵公雞，能省一毛就省一毛，小時候坐搖搖車搖搖馬，他跨上去不用搖，坐十分鐘，十塊錢還捏在手裡，羞愧得快帶他回家，他一路還得意地說：「我省了十塊錢。」

請他吃五星級大餐，吃完請打分數，他只給七十分，問他爲什麼，他說：

「味道還好，那價格我不能接受。」

ＡＢ型的優點都在外面，穿著乾乾淨淨光鮮亮麗，對時尚也很敏感，看起來溫文有禮，也具有領導能力，在外一條龍，回到家懶散得像一條蟲。問他什麼事怎麼樣，他都說：

「還好啊，就那樣！」

問他什麼人怎麼樣，他也說：

「還好啊！就那樣！」

眞的逼急了，他就變成快閃一族，不是讓你找不到，就是閃爍其詞，不願表態。但一旦話匣子打開，他很能犧牲自己搞笑逗你開心。他的幽默都是自我犧牲式的：

「我就裝出大白痴，很花痴的樣子，把手指泡在嘴裡，把他嚇跑了！」

「他們叫我反串《歌劇魅影》中克莉絲汀，反串就反串，什麼？要不要扭來扭去？那是基本的啦，還要不斷跟男主角磨蹭呢！」

當我正爲兒子的性向感到憂心，他又突然問：

「你覺得先去當兵再唸大學好不好？」

當我有一絲希望時，他又說：

「我以後不想結婚，也不想有孩子，我周圍的朋友家庭都不幸福。」

ＡＢ型就是這麼閃爍不定，但他們絕對是諍友，每當我想不開，打電話給ＡＢ型朋友，他們常能一語驚醒夢中人，給你完全的精神支持，而且超會灌迷湯：

「你知道你身上具有一般人沒有的特質嗎？那一直是我崇拜跟珍惜的，這世界上如果沒有你將是多麼黯淡，這幾天我的心情也不好，碰到很多很衰的事，還在路上跌一跤坐到一坨大便，坐在地上我忽然哈哈大笑，我碰到的人和事不就像這一坨大便嗎？」

眞是服了他！

如果你有ＡＢ型兒子，一定要忍受他的監視和諍言，若即若離的態度。你要接近他，就要把重要的事託付給他，他喜歡在爲你做事中表現他的熱誠，不會辜負你的託付，而且喜歡被託付的感覺，就算只是請他爲你買一瓶醬油。

他們像獨立的貓，表面冷冷的，偶爾摸他一下就好，他絕不會膩著你，但他會遠遠觀察你，對你適時喵一聲。

不過血型只是參考啦！我也碰過許多不準的。

像我這樣的A型女子

我們一家人都是A型，而且是重度A型，這樣的人最喜歡認錯，遇到什麼事都會勇於站出來說：「這一切都是我造成的，這一切都是我的錯！」就算天打雷淹大水刮颱風九二一大地震，也會想著：「這都是我的錯，上天在懲罰我吧？」

我深深記得每當家人哪個人做錯事，祖父跪在祖靈面前，又是哭又是捶胸：「這都是我的錯，是我不會教，不會管，才會讓兒孫犯錯，祖先啊！我對不起你們！你們懲罰我吧！」我們也嚇得紛紛下跪說：「我錯了！你懲罰我吧！」

弟弟不學好，受日本教育的父親老被叫進警察局，有日寫了一封洋洋灑灑數萬言的陳情書，在家人之間傳來傳去，他自認爲自己沒教好孩子，對不起國家社會，想以武士精神切腹以報國家，我們齊來勸阻，媽媽說：「這哪裡是你的錯，明明是我的錯，是我不該寵壞他！」姊妹們也說：「是我們的錯，我們沒能管好弟弟。」連年紀尚小的小妹也說：「都是我，我不該老是跟他吵嘴，不借他錢。」這時一門忠烈差點要同歸於盡。

姊妹們犯錯，母親不用打也不用罵，吃飯前罰跪成一排，先道歉者可免罰，跪才不過幾分鐘，一個個啪啪站起來，紛紛到母親面前道歉：「我錯了！媽，您原諒我吧！」媽媽忍著笑說：「你們是肚子餓，怕吃不到飯吧！」

雖是這樣，A型人還是避免不了常常犯錯，首先，他們意志薄弱，耳根子軟，受不了各種讒言與誘惑，就像昏君。爸爸和大姊都很愛吃，聽到哪裡有好吃的，連夜都會趕去。有次我姊夜裡忽然想吃某一家的牛肉麵，住在美國聖荷西郊區的她，就是不肯委屈吃附近的麵店，於是開了兩個鐘頭車趕到洛杉磯那家麵店，還好才要關門。她終於吃到那碗麵，事後說：「眞是好險，我開快車還差點撞車。」我說：「如果眞那樣，你會留名千古，墓碑上刻著：『她爲美食而死，不愧爲美食家。』」

A型人常被各種誘惑折磨，卻常抵抗不了誘惑。我們家不愛吃的就愛穿愛買，我弟在十七歲就有一百件名牌襯衫，我媽幾乎每天做新衣。

青妹在東海教一年書，薪水全奉獻給百貨公司，每天入門就帶回一套新衣，然後展開無止境的「我錯了！」的懺悔。

而我的死穴是愛情與古董，較年輕時我買古董時不戀愛，不買古董時就掉入B型男的情網，一場糊塗，奇怪的我在犯罪時有百折不回的勇氣，然後是無止境的「我錯了」的懺悔。

B型男是一天到晚要人向他道歉，我偏不，但在內心我道歉過千回萬回。

古董與愛情到底有何關聯？大概是年份一樣久的神話，而且容易破碎不易保存，你誤以為跟它有緣，其實奇物奇人原非一人所有。

現在我也差不多是古董了，收藏自己儘夠了。

現在我買年份較新較容易保存，而且可以嫁禍於人的包包，哪個女人不喜歡包包？每件包包都捨不得用，上面貼著饋贈者的名條，自我催眠：「我不是為自己買的！」這又是另一種認錯的方法。

愛買還是比較輕的罪，買到一個程度，被罪惡感折磨得不成人形，就興起剃度為尼的念頭，我錯了！我錯了！請原諒我吧！

我的O型女友

我的女友多半是A型，A型女多半缺乏信心，在一起通常相互鼓勵，相互吐苦水，很能爲對方著想也很貼心，和稀泥的結果是士氣低沉，能夠相互取暖卻不能相互成長。

直到遇見O型女友，她還比我小好幾歲，膽子大得不得了，吵架、講價、擺地攤、四處流浪，各式各樣的冒險都擋在你前面做，小小個子開大吉普車翻山越嶺，挺個大肚子坐萬里遠的飛機來看你，講起話來劈里啪啦，行動力驚人，才剛說要看房子，隔天就買下來，還連買三棟。如此氣魄令人折服，比我的B型男強上好幾倍。我在她鼓舞下也做了很多瘋狂的事，兩個人感情比夫妻還好，說起對方都是兩眼汪汪；我心疼她常受傷，她心疼我太天眞。總之後來連配偶都嫉妒。

嫉妒也沒用，女人的體貼是男人的好幾倍，說起話來三天三夜也講不完，誰都別想插進來。

然而我們現在幾乎沒聯絡，關鍵可能是那次稿子事件。

她一直想寫作，也許因爲我也寫作，她用這種方式參與我的生活，大老遠從美國帶回一堆稿子給我看，說想參加文學獎。我忘記說了些什麼，但絕非好話。畢竟剛入門，技巧不是很熟練，我說了一大堆有關文學技巧如何如何的話，她一句話也沒搭，眼中閃爍著受傷的神情，但我殘忍地裝作沒看到，還自以爲公正不斷批評下去。

唯一記得的是，說她的技法老舊，跟不上時代，還拿一大堆小說給她看。回美國之後，我還追加一通電話，要她如何如何改。我那好爲人師的嘴臉一定很恐怖，讓她感到陌生。她不知道A型女就是這樣古板不知變通。

從此她不再提稿子的事，只說想經營一個農場，現在在學做果醬和蛋糕，不久眞的弄了一個農場，在民風保守的猶他州，她戒了菸和咖啡，穿長裙上教堂，做蛋糕敦親睦鄰，還說要回歸家庭好好愛她的丈夫和孩子。這之後我們的聯絡越來越少，直至沒有。

我知道我做錯了，她不是回來聽我的批評，而是聽我的掌聲。一直以來我都是以崇拜的眼光看著她，O型女喜歡被崇拜不喜歡被質疑。而我偏要裝出專家的樣子，把她的文章批得一文不値。A型女最不會說好聽話，更不喜歡拍馬屁，這種耿直有時很傷人，尤其是對O型女。

回憶我們的關係，她一直扮演引導我、保護我的角色，而我是百分之百的信賴她崇拜她，這份保護與信賴如鎖鍊般將我們緊緊鎖住。有時同性關係也會出現如夫妻般的絕配，相差的是沒有情色與名分在其中，然而純粹靈性的交往更爲雋永，當O型獅子座碰上A型處女座，那種美好我無法訴說，然而只要一個小螺絲鬆了，感情跟著變質。

我後悔說了那些批評的話，其實我只要不斷說：「太感人了，你的才華令人嫉妒！」或者「你是我永遠的偶像。」搞不好她眞的會越寫越好，眞的能成爲才華洋溢的作家，O型男女給他們小舞台，他們作小表演，給他們大舞台，他們也會搏命演出，他們是如此好強愛面子；或者不能成功，她也會感激你，你是唯一給她掌聲，最後一個支持她的人。

眞的恨死我的死板愛批評，如果你有O型朋友，記得要不斷讚美他，千萬不要像我一樣狂批狂評。

當B型男碰上A型女

韓國二月份上映的喜劇電影《我的B型男人》紅到不行，李東健主演的B型男立刻成為女人的公敵。有四成的韓國女人不願嫁B型男人，認為他們自私霸道，用情不專，而且老是傷女人的心。女人最幸運的是跟A型男談戀愛，嫁給O型男，跟B型男只是同事，朋友全是A型。

台灣人喜歡談星座，韓國人喜歡談血型，星座、血型都是簡單分類，基本上我相信這世界上沒有完全一樣的人，每個人都是獨一無二，人性複雜無法分類，但血型讓我找到愛情坎坷的理由。

這輩子碰上的大多是B型男人。

B型男一個人還好，碰上O型、AB型也還好，碰上A型女，缺點才會完全發揮得淋漓盡致。B型男碰上A型女絕對是災難，看電影自己不好意思買黃牛票，叫A型女去買，忍辱負重的A型女於是奮不顧身跟黃牛搏鬥；停車找不到車位，叫A型女下車去找，自己在車上納涼，懦弱的A型女敢怒不敢言在停車場不停奔走；出外旅行打包，B型男只會指揮東指揮西，尊貴的手和身體動也不動，忍氣吞聲的A型女於是兼任老媽子和挑夫；如果遇到外國人，嚇得倒彈三步，叫A型女上前交涉；情人節捨不得花錢買禮物，把天下所有羅曼蒂克的人痛批一頓，包括發明情人節的人；結婚典禮說好明明是新式，蜜月住大飯店，臨時突然推翻一切，堅決主張一切按傳統，回鄉下拜公婆，喜歡自我犧牲的A型女馬上配合；B型男不肯付兒子的奶粉錢保母費，卻捨得請A型女吃大餐，對外聲稱有多疼老婆。

這都是A型女的錯，誰叫她要忍辱負重，懦弱無能，忍氣吞聲，自我犧牲，敢怒不敢言？是A型女一直退讓，一直包容，才讓B型男越來越自我中心，越自私霸道，這就是姑息養奸啊！如果是O型女早把他罵得狗血淋頭，踹到粉身碎骨，B型女比他更囂張，叫罵聲浪一波高過一波，AB型女乾脆走人，避不合作。人嘛，一個願打一個願挨。

A型女只有在跟B型男分手的時候稍占上風，因爲她是忍到最後關頭，一走是不會回頭的。A型女最羨慕《我的野蠻女友》中的全智賢，刁鑽蠻橫，在男人面前威風八面，想當然耳她是B型女，看完電影，A型女乖乖回去當B型男的受氣包，因爲她常被B型男纏上，他吃定她了。A型女的夢中情人要不像《大長今》中的池珍熙，永遠站在A型女身後默默支持她愛護她，要不像《藍色生死戀》中的宋承憲，愛到死亡盡頭，可是聽說池珍熙和宋承憲都是B型男。

我相信張愛玲與胡蘭成，李麗華跟倪敏然，是A型女與B型男的組合。沒辦法，B型男太會演太會裝了，他們會裝出A型男的深情脈脈，O型男的剛毅果決，AB型男的高深莫測，偏偏只會騙過優柔寡斷的A型女，漸漸地原形畢露，唉呀，全毀。

可是爲什麼說B型男跟A型女是天造地設的一對？聽說是A型女不太性感，是慈母型，對自己的性愛表現缺乏自信，而B型男最持久，互補得很。

現在我周圍的朋友幾乎都是A型男女，漸漸進入幸福甜美狀態，她們或他們都是善解人意的妙人兒，也都吃過B型男人的虧，看來我該組一個A型女自強會，相互提醒不要落入B型男的魔掌，也不要再姑息養奸。

最後，當然血型只是參考，是感情失敗最好的藉口。

長出一張臉

她蒙著口罩上課，大家以爲是流行性感冒，並沒有特別注意，輪到她發言時，沒人聽得懂她在說什麼，顯然連說話都很困難。一陣掙扎之後，她拿下口罩，引起一陣驚叫，整個臉紅腫變形，就像紅龜粿，她鼓足勇氣說：「這個寒假，我去動了臉部手術，很痛，非常痛，磨骨、打針、開刀、割雙眼皮，我很後悔，勸大家不要去，我……」我不忍再看，讓她下台。

她以前長什麼樣子，只有模糊的記憶，好像是高而壯，臉盤寬大但長得也還算可愛的女孩，眞的記不清，學生太多，可能記到別張臉。

一天一天過去，紅腫消退，那張臉變得小巧而俏麗，一張陌生的臉，從虛無春天長出的桃花臉，有點像蔡依林又有點像宋慧喬，以前在報紙看到整容前整容後，覺得一定是騙局，與我無關，如今親眼看到一張新臉的形成，像虛線畫出來的花，上課時跟那張臉閃躲，想看見又怕看見。

眞的變得很漂亮，任誰看了都會動心，不是對她，而是整容。

我住的巷口新開一家整容醫院，以前看不見，現在走過會多看幾眼。前幾天到圖書館借書，流通組的小姐看到我驚呼：「你怎麼變成這樣？以前的你，留著飄飄長髮，好……的，很抱歉，我實在太驚訝，才說得這麼直……」眞是越解釋越糟。

我苦笑著說：「你是十幾年沒見到我吧！經過這麼久當然不一樣，人總會老的是不是？」她看起來並沒有比我好多少，頭髮少而銀絲多，還直說是我學生輩，我如此安慰她，其實是安慰自己。

「不！沒有多久以前，頂多五六年！」我怕再說下去會崩潰，馬上逃走。

看來該整形的是我，經過那家整容醫院，有股無形吸力想走過去。

我夢見整形過的我，有一點像蔡依林又有點像宋慧喬，那不是我喜歡的臉，再換一張，這一次是李英愛與許慧欣的組合，也不是我喜歡的，再換一張，這次是李嘉欣與張曼玉，再換一張，這次是兩頰凹陷，兩眼枯乾深陷，嘴角有點下垂的中年女人，那是陪伴我半個世紀的臉，恰如其分地表現該有的滄桑與沉鬱，笑時很天眞。

臉也有靈魂，不管你用了多少化妝品抹平皺紋，削多少骨以調整臉型，都會說明你走過什麼樣的路，經歷過多少事？流過多少淚？接不接受自己？以及多少歲數？

某時尚女王，她的皮膚再好，動過多少刀，四十幾就是四十幾，騙不了人，連風塵味也跑不掉。

很久很久以前，我的心靈早與臉結合爲一，我愛它，它愛我，並發誓永不背離。

但如果有一貼就靈的拉皮膏，我不排斥貼看看，我怕痛，怕割裂啊！

電車男與白目女

要不是凱莉，大颱風夜我也不會被拖去看《電車男》，這電影極機車，用一百分鐘講了一個極簡單、極無眞實感、極無聊的愛情故事，但凱莉看得笑呵呵，每隔五分鐘便要發出像母雞生蛋那樣的狂笑，凱莉連宣導短片也笑，當她聽到英語補習班廣告：「喔喔，people yes die，please call 喔依喔依 hurry come！」她更笑得快從椅子上掉下來，根本她一進電影院就準備大笑的，就算放交通安全宣導片，她也是會笑到撈回票價。她絕不會去看《時時刻刻》、《悄悄告訴她》這類電影，她說：「太悲了，平常我在醫院還悲不夠啊，來戲院就是要笑啊！」

出了電影院，颱風來襲之後的街景極爲恐怖，救護車喔依喔依叫，路上倒臥著一截又一截被吹落的路樹，我們跨著路樹前進，黑暗的城市如超現實電影場景，凱莉說：

「現在的白馬王子眞的變了，像電車男那樣的男孩眞的很多！白痴白痴的。小心路樹！」

「可是白雪公主還是沒變，那個愛馬仕小姐，跟男人過去的夢中情人還是沒兩樣，頭髮長長的，臉白白的，不食人間煙火，還是倩女幽魂一個。小心路樹！」

「怪不得我找不到男朋友，男人自己水準變低，對女性的標準還是那麼高。小心路樹！」

「現在女孩也變了，你不覺得白目女越來越多，像你就是白目女一個！有時你講話也太毒了，太不留情面，讓人吐血！」

「我算小白啦，你要不要聽更白目的，前幾天我値班，病人一個接一個，忙得死去活來，護士當著我的面說：『你眞帶塞，每次你値班我們最累！最衰！』我聽了差點中風，哼，七年級！小心路樹！」

「還有更白目的，有天上課，一個女學生的手機響了，她說都不說一聲，跑出去接了十幾分鐘手機，才慢吞吞走回來，我問她什麼重要電話非在上課中講這麼久？她送了我一個大白目，接著趴在桌子上睡，一整堂課都沒起來過！」

「啊！這眞是個花開時候，白目女滿西樓……」凱莉自顧自地唱「月滿西樓」，還改歌詞。

「不要唱了，現在是鬼月，太恐怖了！如果電車男配上白目女會如何？」

「那劇情一定倒過來，白目女暗戀電車男，然後英勇救了他，最後白目女爲他變成小仙女，穿愛馬仕，用愛馬仕啦！」

「在現實上，這種情節更不可能發生，但明明電車男就是要配白目女，你沒看《我的野蠻女友》嗎？」

「我超喜歡那部電影，夠爆笑，可見現代年輕人喜歡被虐與虐人！」

「可是現代年輕人也比較不假仙，像我們這一代人，高度僞裝，連在睡夢中也要維持好形象吧！」

「但太勇於表露猥瑣的一面，也許就眞的失去高貴光明的部分，所以我喜歡上個世紀二、三〇年代，有革命有理想的年代，在那個時代我一定是革命烈士，轟轟烈烈燃燒自己照亮別人！」說著說著，唉唷一聲，凱莉被路樹絆倒在地，果然成了颱風革命烈士。

「小心路樹！」我說。

凱莉醫生相親記

凱莉醫生早已過適婚年齡，除了剛畢業時有一段地下情，六年一班的她還沒有結婚對象，身爲獨生女，被父母管得死死的，從未在朋友家過夜，跟朋友出國旅行也不准，自由戀愛當然更不行，她哥哥的婚事都是父母安排，對方一定非醫護家庭不可，凱莉從二十幾歲開始相親，相到現在已經皮了，相親時她得穿裙子裝淑女，幾乎所有的親族全面出動，雙方陣仗都很大，凱莉遵照母親說的低頭不語看來楚楚可憐，只有吃飯時露出馬腳，當所有人還在吃前菜時，她大口大吃已經把全套餐吃完了，母親回去氣得歇斯底里大叫：

「我是怎麼教你的？一個女孩子家吃飯狼吞虎嚥，嚇都把人嚇跑了！」

「咦！誰叫你要我當醫生？哪一個醫生吃飯不是三分鐘？病人都要死了，還有時間吃飯嗎？」凱莉一點也不慚愧。

「那對方為什麼斯斯文文的，吃飯那麼雅氣？」

「他是眼科，又不用值班，也不必作CPR，當然可以吃飯慢呑呑。」

「你裝也要裝一下，我看這次是完了！」

下次相親時，凱莉乾脆不動筷子，從頭到尾臭一張臉，回去又被罵：

「你光擺一張臭臉，人家問話也不理人，對方臉色都變了，你知不知道？」

「沒辦法，我肚子餓沒吃飯就是這樣，媽，我看算了，我不要結婚，陪你多好？」

「不行！我們家沒有娶不到老婆，嫁不到老公的！」

凱莉爭不過母親，只好繼續趕場相親，說起來凱莉長得不算難看，只是身材粗壯，動作粗魯，而一般醫生要娶的不是護士就是嬌滴滴的美嬌娘，凱莉的母親於是興起讓凱莉整形的念頭：

「你的臉龐太大了一點，聽說打玻尿酸可以瘦臉，你舅媽開整形醫院，你就去打一支怎麼樣？」

「拜託！你不要污辱我好不好？我是醫生耶！我都在勸我的病人不要整形，我還去整，那會有後遺症的，你當我沒念過書？」

「你都三十好幾了！你沒嫁我死都不能閉眼！」

「好了，醫院call我，我要走了！」

凱莉的母親心想女兒那麼多神祕電話，是不是交了非醫生男友，於是跟蹤凱莉到醫院，注意她的行蹤，凱莉一向堅拒父母到醫院看她，莫非醫院裡藏著祕密情人？她跟在女兒身後不讓她發現，但見金枝玉葉般的獨生女，跳到病床上爲病人作CPR（還好穿長褲，還好很粗勇有力），又爲病人插喉管被嘔吐物噴了滿身都是（從小有潔癖的清潔寶貝），接著幫男病人插尿管，烏黑一團的性器一覽無遺（怪不得我那守身如玉的小么女對男人沒興趣），接著幫大不出來的老婆婆挖大便（我那……），好不容易都搞定了，已經晚上十點多，寶貝女兒在大庭廣衆苦著一張臉像饑民一樣，三兩口扒完那個冷便當，凱莉的母親看到這裡看不下去，一面擦淚一面離開醫院。

「奇怪，媽怎麼好久沒叫我去相親？」近來凱莉覺得母親變很多。

「妹妹呀！我看你也不要嫁了，又要當醫生，又要當媳婦，太辛苦了，再說我也捨不得呢！」

白色心靈

關於我在泰國昏倒一事，女醫生凱莉判斷疑似恐慌症，我對此症極爲抗拒，但我在極度恐慌時確實會昏倒，那是假死的狀態，完全失去意識，而且通常往後栽，常撞得滿頭包，從很小的時候開始即是如此，我幽幽地對凱莉訴說我有多麼不幸，如何悲慘的童年，凱莉說：

「你要不要聽我的憂鬱症？我是醫生，不能求醫，而你還可以到處看醫生。」

凱莉實在沒有得憂鬱症的理由，她的家庭環境優渥，又是父母最鍾愛的獨生女，學業、事業、愛情皆順利，可當她當住院醫師沒多久，一個女病人一分鐘前還好好地跟她說話，突然從她的面前跳下九樓，當場死在路上。從那天起，凱莉値班後的早晨，走在無人的街頭，看到急馳而來的車，就想一頭撞上去。

從那時起，她的房間擺滿佛像與心經，初一十五都要拜觀音。表面上凱莉是樂觀有點瘋瘋癲癲的女孩，愛玩愛吃，愛一切的卡通人物，但她的心裡破一個大洞，只有她自己知道。

凱莉治療自己的方法就是玩網拍，她收藏二十幾仙小布利斯娃娃，大多在網上購得，後來轉買爲賣，「賣女兒很殘忍吧？也有快感哦！」小布是她的心肝女兒，就算忙得半死也要把她嫁出去，「你不知道一家有女萬家求，那屌啊！大家排隊想追我女兒，而且價格任我開，一毛錢也不准殺價。」凱莉一邊看診一邊寫病歷，還可一邊賣女兒。除此之外她沒有任何娛樂。

玩娃娃眞的可以治療憂鬱症嗎？放眼凱莉四周的女醫生護士，玩娃娃的還眞不少，壓力大的時候，大家一起聊小布，幫她買新衣服新摩托車，拍沙龍照，辦娃聚，把什麼煩惱都忘了，男醫生減壓靠大吃大喝，酗酒，養小老婆，方式不是很健康，所以醫生多胖子，要不胃潰瘍，女生減壓的方法雖幼稚，也很Q。

凱莉賣我一仙阿金小布，說長得像我，喜歡穿金戴玉，卻很夢幻。價格不是很夢幻，一萬多，凱莉眞是生意精，她開診所，櫃台還可兼賣娃娃。

我看著阿金，常不好意思地笑，這是我有生以來第一個洋娃娃，而我快五十了，正要戒掉戀物癖。

每個人心裡不知什麼時候會破一個大洞，憂鬱症與躁鬱症現在較為人知，恐慌症較不為人知，看起來恐慌症患者較不會去尋死，較無危險性，但嚴重時不敢出門，怕到人多的地方，怕見人，也是會喪失工作與社交的能力的。杜斯妥也夫斯基患的也是恐慌症兼癲癇，他在恐慌時也會昏倒，他治療自己的方法是賭博，為償賭債只好拚命寫作。張愛玲患的應該也是恐慌症，幽閉恐慌，她在恐慌時反而會把自己幽閉，重回十七歲時被幽閉的現場，她的「惘惘威脅」「還有大破壞要來」，也是恐慌症者常有的心理，恐慌者必戀物，那是恐慌者唯一的浮木，人不可靠且是恐慌的來源，只有物令人安心。她瘋狂地愛美麗的布料，自己設計款式，然後穿出去嚇人。其他的物欲幾乎沒有，一室洞然，一身孑然，而她過世已十年了，那個空洞無一物的房間深深印在我腦海裡，只有自己一個人才可以夷然安然度過這漫漫一生吧！

血色菲律賓

凱莉說菲律賓在她的印象中是血色的，她住過的那個小巷，灰泥大樓窗檽漆成血紅色，血色的夕陽，血色的沙麗，還有層出不窮的流血政變。太平間裡屍體一具疊一具，醫院沒有電梯，醫生護士抬著病人跑樓梯。她每天帶一個人頭回家研究，因為房間小，放在床邊耳鬢廝磨，她照樣睡聲如雷。醫院人手不夠，一個人當十個用，晚上接生五個小孩，白天照顧傷兵。長期在血泊中早已麻木，那時她不過是未滿三十的女孩，從新加坡醫學院到菲律賓工作四年，沒想到就遇到兩次流血政變。

內心其實是害怕的，凱莉常在深夜把一桶冰淇淋吃得一乾二淨，有時是算盤大小的巧克力，有時是整個奶油蛋糕，終於如願以償吃成大胖子，這樣她更有安全感。

大胖子凱莉走過雨後的街道，這城市每雨必淹水，人們怡然在水中涉水，小孩子打水戰，好樂觀的民族，凱莉懷念那個國家。我問她懷念什麼？她說特大號的超級市場，還有特大桶的冰淇淋，最重要的是青春，她的青春是在那個島上度過的。

還有初戀嗎？凱莉大笑，ㄟ，你不要忘記，我那時七十公斤。

就算是月半女子也有愛的需要，她的愛都給了食物，她假裝喜歡大自然，其實她根本沒時間玩，通常凱莉這樣說，你看過火山灰像雪飄，人們撐著雨傘，那美的，火山湖像住有精靈的仙境，閃閃發亮；那時話題就會轉進食物，說回到都市是一個吃的世界，甜食特多，胖子特多，物價便宜，進五星級飯店大吃一頓，不過幾百元，多拿滋甜死，還有更甜的，都是油炸之物；還有像桌面大的椰子蟹，甜如椰肉。我說你漏了麥當勞、漢堡王，她說在新加坡早就吃膩了，有時坐巴士到中國城，買到一包泡麵，高興好幾天。街上擠著樂觀的窮人，郊區大如皇宮的別墅，住著高傲的有錢人。

政變時期，她躲在有紅色窗櫺的小房間，二十四小時開著電視，叛軍躲進超級市場，與國軍對峙兩天，過程像好萊塢電影，蒸熱的夏天，冷氣不夠強，把所有的電扇都打開，搖著紙扇，還是一身汗。

然而在菲律賓專攻美食的凱莉，錯過電腦時代，回國時從DOS學起，天天上補習班，台灣令人焦慮緊張，一個月瘦十公斤，日漸清瘦的凱莉想念菲律賓，選擇一個最像菲律賓的城市居住，那條巷子都是灰泥大樓，有一排房子漆著血色窗櫺。

但我絕不會去菲律賓，那靠近赤道的國度，沒有冬天，前輩子我應該是北國之人，極度怕熱，赤道的太陽令我恐慌。

最近菲律賓又發生政變，凱莉說她想回去，好像那才是她的故鄉。

「我對那裡有責任，這裡不少我一個，那裡需要醫生。」

「那裡醫生比藥劑師不值錢。你在這裡可以開名車買豪宅。」

「我想我已菲律賓化了，一天用不到五百元，開什麼名車？不如給我一桶冰淇淋，在這裡做得要死，心是空的，在那裡心是實的。」

「你總要先談個戀愛，或結婚什麼的？你已經四十了，只與食物談過戀愛。」

「有一天我也許還會去非洲……」她的牆上有幅字寫著「大無私，大自由，大喜悅」。

我想阻止凱莉，然而她的眼神已飄得好遠極遠。

最難纏的讀者

自從寫這個專欄，我的女醫生朋友凱莉每遇到我便說：「你終於改過自新了，寫我看得懂的東西，我就說嘛，這是個搞笑的年代！」

「誰說我改過自新了？搞笑誰不會，我才沒搞笑，我很嚴肅。」

行走江湖近三十年，從沒遇過像凱莉這樣難纏的讀者，她家三代都是醫生，這樣已經夠變態，兄弟姊妹也都是醫生，眞是變態系出身；但她也看米蘭昆德拉、《聯合文學》、邱妙津，算是半個文藝青年，她說她是讀了《生命中不可承受之輕》才立志當醫生的，她強調「不是史懷哲哦，是托瑪斯，寫詩的醫生！」然而她也看《小醫院大醫師》、《西門林急診室》、《ABC狗咬豬》、《青春玉女進哈佛》之類的書，唯一的文字創作就是一堆電子郵件和病歷表，她曾連續拿過十個月病歷獎，眞的是很變態，只有她敢對著我說：

「你的文章我看不下去！」

「那是你水準不夠！」

「我不是水準不好，我只是給你誠實的建議，你拚命寫你自己，挖那些陳年舊事誰要看？」

「我這教文學的倒要你這當醫生的來教我怎麼寫作？」

「這麼忙碌的社會誰要看你的陳年舊事！」

「你懂什麼？為讀者而寫的是大衆文學，為自己而寫的是嚴肅文學。」我開始動怒。

「這是大衆的年代，而我代表的就是一般大衆！」她幾乎是用吼的。

「你說的那種文章，我用膝蓋都寫得出來，要不然為什麼他們一星期可寫好幾個專欄！」因為氣得失去理智，我大發狂言。

「那你寫啊！不要吃不到葡萄說葡萄酸！這是個大衆的年代，也是搞笑的年代！」

她吐口氣作了偉大的結論，我彷彿看到她背後站著黑壓壓一大群讀者，而她像大衆文化之神。

表面上我沒再反駁，但我正在謀反，試圖顛覆這龐大的惡勢力。表面上我寫一點搞笑，一點流行文化，但是以後設的諧擬的方式寫，有的時候模仿A，有的時候模仿B，發誓要寫一部讓她心服口服的書。孰料沒寫幾篇，凱莉又說：

「不要惹火韓國人，他們很會在小地方斤斤計較。」她是對韓流很感冒的，看到韓劇馬上轉台。

「韓國人哪有你說的那樣，你這明明是種族偏見，我有一大堆韓國朋友，你一個也沒有，什麼時候成了韓國專家？你跟我有仇是不？我寫什麼你都看不順眼？」

「你等著看吧！」

不久果然接到韓國專家的指正信函，問凱莉怎麼辦：

「我就說吧！虛心接受，最好在專欄中道歉更正！」

我照做了，但仍不服氣，心中決定要打倒她代表的大衆文化之神。某日有一篇提到某個政治人物，凱莉又大吼大叫：

「不要去惹政治人物，他們像果蠅一樣！」

果然沒多久文化記者追著我問東問西，我火大了：

「寫這個也不行，寫那個也不行，到底要寫什麼？」

「這你應該比我懂吧！你不是學文學的？」眞是狡猾至極。

這個難以征服的讀者眞是令我害怕，我開始認眞地研究她，一個六年級young V，接觸最多的是護士，然後是三教九流的病人，應該夠大衆吧！二十四小時追蹤新聞與資訊，使用最新型的PDA和PHS，看閒書的時間很少，但一個月至少買三四本書，還是誠品的會員。她會挑什麼書呢？我偷偷走到她身後，看她看得津津有味，這書一定很偉大，偷瞄一下，唉呀不得了，書名是《黃老師講黃笑話》！

男朋友習作

現代人可能很難想像，我們那時許多男女在大一就已死會，非常明顯的，他們同進同出，上課也黏在一起，一副小夫妻的樣子，在大學三四年級訂婚的也不少，看來那時女大學生，除了念書，還有交男朋友的壓力。

黛絲因為長得美又時髦，追她的男生不計其數，但都被她家裡轟出來，黛絲的爸爸規定只能交讀醫科的男朋友，這世界上哪來這麼多的醫科生？於是半介紹半相親，很快的她有一個醫科男友，我因陪著她到處趕場，也認識了一個醫科生，當他在女舍前站崗時，室友探出頭來看都說：「這個好，又高又帥！」在一般女生心裡，高等於帥。

我們大多從女校畢業，從無戀愛經驗，對異性一無所知，卻要單獨肩並肩走進黑夜中，雖然什麼都不敢做，但那陌生且詭異的空氣，令人快窒息，只有拚命打扮，掩飾慌張，然後倉皇逃回來，這就是所謂的約會。

被動地等待男生來追你，就算這樣也被視爲「花蝴蝶」，我因一直未固定，可能約會的對象也多了一點，以至於眞的有男朋友時，對方不敢公開，走路也各走各的，原因是我花名遠播，他怕被同學譏笑，把我當地下情人。也有可能是第一次約會時，他問我想去哪裡，我開玩笑說「荒郊野外」，從此被他視爲「壞女人」。

其實我眞正想說的是，我們可不可以不要世俗的約會？我們可不可以不按牌理出牌？我們可不可以先愛上彼此？讓我們先遠遠地觀看彼此，了解彼此，至少我們先要學會如何溫柔相待，尊重對方，然後你才走向我，我也走向你。

一開始就錯了，我們在兩性的殺戮戰場上都互砍得遍體鱗傷。

也許有人會說，你爲什麼不說眞正想說的話呢？老實說，我也是現在才想清楚我想說的話，在女人還沒找到她自己的聲音之前，她也不知道自己在說什麼。

很多人因爲約會反而無法了解彼此，一旦進入約會狀況，全憑荷爾蒙盲目牽引，把重點放在以色相誘，還有遊玩的方式、地點。好像也不知怎麼聊天，大多是男生說，女生聽，要不大家都不說，或者只做。如此約會幾次，也許就走入禮堂。

我不知道現在的約會文化是否改進了，回顧這些令人惘然的事蹟，不過是要說，男女之間的了解還很粗淺，男人與女人處在各自不同的生理狀況，不同的成長歷程，不同的文化中，其差異有時比種族、階級還懸殊，一時的激情也不能跨越這一道看不見的鴻溝。我是進入中年，才稍稍學會與異性交談，平等地互動，作純欣賞的朋友，那種感覺眞好。

並不是每個願意跟女性上床的男人都願跟女性作朋友，越是男性中心的男人越是不能，這也是爲什麼女人與gay最處得來，因爲他們逾越性別，是較自由的人，反之，越有女性意識的人也越會與男性作朋友，因爲她們不會讓荷爾蒙從中作梗。男人與女人皆有可貴之處，如能各取所長彼此欣賞，風塵俠義，白頭知己，那種境界値得追求。

甜爛年代

女孩子最怕過的生日大概是三十歲，記得是哭了一夜，眞是想哭死，年少時發誓，只活到三十。

回想起來，最甜美的年歲是三十歲至四十歲：瘋狂想著到處旅行，和家人冷戰熱戰，眼淚一流一整夜。抱著團團如玉的孩子坐火車回娘家，一路唱兒歌回家；打扮得如花一枝，以爲行人的眼光都該看自己；在花市、玉市中挖寶，上山下海作口述歷史，看書可連續一整天不休息，逛街一整天不嫌累。那是體力與腦力最健康的一段時期。

對於女人來說是麗似夏花的季節，可一般人定義爲如狼似虎。如狼似虎也不錯，這代表生命正旺盛。

然那是庸人的幸福，女人的山洞時期，覓食、生育、哺乳，也是最被需要的時期，怪不得較甜美。

現代人較晚熟，二十歲的女孩還像國中生般稚嫩，三十歲還有點生澀，四十歲最剛好，美麗與智慧皆熟透。

四十到五十，我稱之為二度青春期，生理與心理鉅變，有時如臨大限般恐慌，有時如少女般愛哭膽怯，人生有一前一後的風暴，隨之會開一朵花，前一次開的是青春的花朵，後一次開的是甜爛的花朵。

屬於四五十歲女人的甜是看到美好之物，多看一眼就知道該走了；聽到「有機會再聯絡」「如果再早幾年遇見……」的話，只能笑笑千萬不能當眞；讚美的話只聽三分，被罵也只接納三分，有些話根本不必說，不說出來的話更重要；好朋友不必常常膩在一起，越老的朋友越好；睡不著不再害怕，乾脆起來搖呼拉圈；看到年輕貌美的女子，雖也會心生羨慕，但想想自己有過，而且是錯錯錯，做太多荒唐事，好不容遠離災難，那一朵微笑有點淒涼，但也有一絲安慰，莫莫莫！

屬於五十歲的爛是連看廣告片也會哭，什麼事能推就推，說等到完成什麼什麼再死，賴活！

家人酷愛吃芒果，每至產季買一大箱，母親說要挑「在叢黃」，就是在樹上已老熟的，而且要「登點」，熟到上外表已有黑點，但也不能太多太深，這時皮剝開果肉金澄澄，甜滋滋，四五十的女人不就是如此？外表已不光鮮，也許還有一些黑斑，然內裡甜爛如蜜。

四五十的母親正在她一生最鼎盛時期，女王般地發號施令，風華正茂，蓋大樓，家運旺，女兒皆進好學校，連父親也甜昏頭，傻裡傻氣，那是我家最幸福的時光，雖然很短暫，之後急管哀弦，下下下。

每每想起就要流淚，母親也懷念那段時光吧！

厭古與尚古

看到穿大旗衫的老婆婆，急忙逃走；聽到電視平劇、歌仔戲，趕快轉台；國畫、銅紙鎮、古董皆視爲醜物，我也曾是厭古之人，從未想到會進中文系，這裡的人大多尙古好古，「尙友古人」，許多教授的書房掛著相同的字。

坎肩的大圓裙洋裝，費雯麗的典雅；可愛的超短迷你裙，崔西的精靈：阿哥哥衫、高跟鞋、手提唱盤，藍色眼影、好萊塢電影，只要是西洋的、時尙的皆以爲美。

文化分裂症。明明也喜歡書法、國畫、詩詞，也唱崑曲，但始終抗拒，硬要穿頂尖時髦的衣裝，讀頂尖時髦的文章。一個學長留學美國，行前走遍台北市，一定要找一副美國空軍戴的墨綠太陽眼鏡。

眞正到歐美，在博物館看到文徵明、倪鑽的字畫，激動不已。但那也是夾雜著複雜的情緒，錯置的文化自尊。

在美東小鎮，一個農夫過來跟我們聊天，他說他從未離開美國，也不會講外國語言，他羨慕我們能到另一個國家去，說另一國的語言。

然而旅行也只是拚命找古蹟，非把歷史複習一遍不可，什麼十五世紀義大利山城，十世紀奈良大佛，西元前的秦俑，埃及金字塔，看完內心空洞如死，寧可讀井上靖的《敦煌》、《樓蘭》，要不《玫瑰的名字》，那不是歷史，而是心靈的鄉愁。

最突梯的是在葡萄牙博物館，巨大的中國花瓶、屏風、玉器，品味不佳，像是海盜的寶藏，碼頭上亨利王子與哥倫布的塑像好像正要走進海裡，十六世紀他們先到日本，然後抵達台灣，他們的「法多」唱著：「黃昏的港邊，愛人你何時回返？」聽著聽著，以爲回到台南安平港，明明是那卡西。

世界已是扁平的，文化也已是扁平，在大城市，人們住類似的大廈，用義大利進口家具，吃日本壽司，開瑞士跑車，聽南美音樂，看李安的《斷背山》，史匹柏的《藝妓回藝錄》，讀《哈利波特》，用華碩電腦。艾略特說現代人是空心人、稻草人，我們是扁平人，上面貼著大頭貼，蓋滿郵戳。

另一種大同世界，羅馬帝國。

我們還剩下什麼？怪不得人人誇大自己，訴說自己，那也是異化的自己，誰能眞正看清自己？

現在稍稍了解爲什麼古人與古董可愛，復古尙古正流行，當世界還是凹凸不平，國與國各有傳統文化，一物一件樣樣殊異，哲學家、藝術家各有面目，看希臘的古陶瓶，人物似會走動；中古世紀的鐵甲武士、義大利的彩繪教堂、吉普賽的佛朗明哥、中國的陶瓷與書法、阿拉伯地毯，那兒有我們共同的鄉愁。

最近看多碑帖，手癢想練練字，老想著去買一張大桌子可寫字寫畫，遲遲未行動，因一旦動工，萬事皆廢，等閒一點吧，天天對著某大師的草書「文之神妙在於能飛也」鞠躬懺悔，學生每問：「爲什麼上面寫『父之神經在於能飛也』？」我駭然大笑，果然古今大不同！

誰不戀物

被視爲戀物癖者好像不是光采的事，尤其在這回歸極簡的新貧年代。

最近突發奇想欲戒此癖，故意迴避百貨公司、愛買、玉市、花市，凡有女裝與化妝品、玩文具部皆不踏入，躲到最安全的男裝店附設的咖啡屋看書，一下午無事發生過程順利，問題就出在走回家的那一小段路上，看到一頂男帽挺帥的，送人自戴皆好，才三百九，小小的犯罪應沒關係吧！最後還是把它帶回來，旋即陷入無盡的懺悔中，三百九也是買啊；於是轉攻大自然，借了一副蹩腳的望遠鏡，看看風景，賞賞鳥，從此迷上戶外用品部，什麼登山鞋、瑞士刀，最後買了一架天價的天文望遠鏡才逃回家，戀物者還眞是無所逃於天地之間啊。

我是那種到沙漠也有東西買的人，棗椰啊地毯、頭巾，連有阿拉伯風的月曆都扛回來；過境杜拜，免稅店太小，買無可買，硬是買了一個登機箱，還是大陸製；在威尼斯登個船，在岸邊精品店刷了一萬多，還趕得上船班，因此有「閃靈刷手」之美稱。

我買的東西不是特別多，而且每到懺悔期就開始布施，捐的捐，送的送，但戀物癖的疑慮讓我自覺罪孽深重。

最後只好去打禪七，看我食四方，睡八荒，打坐打到飄飄欲仙，連言語都丟了，最後還皈依三寶，誰想法場外有書展法器展，我還是買了兩本書一條手珠，眞是凡根難斷。

只有隨性自然，愛買則買，欲丟即丟，想來人還眞離不開物，嬰兒戀奶嘴，兒童戀玩具，連一貧如洗的陶淵明也戀酒戀書，難道酒與書不算物嗎？

A在山上過著極簡生活，所愛唯花草植物，所到之處綠油油，房子弄得像花房，她日日拜佛，欲望空無，可她愛一切棉布，自己用植物染布，住處就像大染坊，院子裡晒著五顏六色的布，招呀招的，人性至極。愛一點點物，讓她可愛許多。

愛一點物是人情之常，有問題的是那貪多不厭的，但眞正多到嚇人，那又是達人或收藏家之流，不能小視之。所以問題出在愛得不多不少，不上不下，又讓自己陷入債務法律糾紛的；又或者心口不一，嘴上說空無，其實擁有的也不少。

因此喜歡禪宗，它說無，也說有，菩提明鏡，拈花微笑，砍柴燒茶，千江水月，風動旗動，說有也是有，說無也是無。

物是萬物，人非一人，宗教講大愛，愛萬物愛一切人，無等差無抉擇。戀物者病在專病在溺，如妙玉愛茶具，俗人沾過的一概丟掉，常抱素心的寶釵都有個金鎖片，信仰馬克思的班雅明專收舊版書與郵票，誰不戀物呢？他們是有潔癖的戀物癖者。

遂發覺我的戀物癖不嚴重，潔癖較嚴重，精神潔癖，處女座的典型症狀，在戀物癖與潔癖之間，無止境的糾纏與矛盾。

潮濕

流行的事物總是潮濕的，所謂的潮流，就像一陣突來的浪濤，他引起人們尖叫，追逐浪潮捲入水中，像得了熱症一樣興奮，不久浪潮走了，你空立在海邊悵望不已，這時另一浪頭又來了。

譬如時尚，當換季新品剛上時，你好像腎上腺素激增，看每樣東西都是亮眼的，他們非常潮濕，像海上花般燦爛，引起潮男潮女的追逐，時尚的壽命最短，頂多一年半年就更迭，那些能留下來的，在當時很潮濕，經過一百兩百年就有了乾燥之美。

我手邊有一幅王羲之《蘭亭集序》的拓本，是朋友從西安碑林中拓來的，經過一千年以上，它已非常乾燥，沒有如潮的評議與追逐，字體蜿蜒如流水曲觴，像空中之書，它在其時就是潮騷之作，能成爲經典的東西，有些在當時就造成時尚，而且是頂尖之物，但只有千萬之一的時尚會留下來，成爲乾燥之品。

書架上另有一唐朝長沙窯鳥形陶笛，造型可愛生動，作仰天長嘯狀，胖胖的身軀如同肥母雞，長沙窯是最早的彩繪瓷，色在青黃之間，釉水已乾到剩薄薄一層，翅膀的部分已脫釉，胎土乾到如枯骨，經過千年，製笛人的巧思仍在，它的造型也是極現代，它曾經是某個古人的最愛吧！但現在一切變得乾燥，它才擁有自己的永恆。

我的時尚品最潮騷的應該是村上隆的花帽人小箱子和櫻桃皮夾，我不算LV迷，應該是Marc加村上隆組合迷，同樣出自同一神奇組合，花帽人會留下來，櫻桃包會被淘汰。主要櫻桃是潮濕的圖騰，花帽人則是較乾燥的，當然它更難畫，如何把幾十種顏色上到皮件上？這裡面有不宣之祕。我收過的一流之品，乾燥之物，通常都含有連作者也難以言說，難以再造的不宣之祕。就如同王羲之在酒後寫下的《蘭亭集序》，鬼斧神工，怪的是字體大小不一，每個字都有酒神的記號，墨漬未乾，字體已散發出乾燥之美，雖然人們認爲它是潮濕的。連王羲之本人都難說出這幅字的書道，也難以再造同樣的妙境，所謂道，不可說。

這世界上最潮濕的動物是人，人在幼小年輕時是一汪子水，也一汪子欲望，但人隨著年紀漸漸乾燥，有些人成爲枯骨，有些人化爲永恆。

這世界上最潮濕的植物是花，花聚集較多的水分，顯得更嬌美誘人，但它的壽命只有幾天，較乾燥的樹幹則可活幾十幾百年。

這世界上最潮濕的景物是熱帶雨林，它滋養野獸，也滋養屠殺；最乾燥的沙漠地帶，反而充滿活力，溫度與天色的變化，一陣沙暴掩埋一座城市，也造成一座新城市。

我愛潮濕之美，更愛乾燥之美，班雅明說：「收藏是對物品的拯救，也是對人的拯救的補充。」他自己是收藏家，也是無可救藥的戀物癖者，他喜歡舊版書與郵票等細小之物，更把收藏的熱情比喻爲革命的熱情，他同時也是馬克思主義信徒，我認爲偉大的收藏之神皆有美學作依據，那打動班雅明的無非是乾燥之美，舊版書與郵票一樣，都是要經過一再曝曬才會乾燥清潔，至於潮男潮女，就讓他們追求潮濕吧！

凱莉

女醫生凱莉又要走了，五年前她從東南亞來到台中行醫，我車禍住院時，承蒙她的悉心照顧，讓我認識一個比我更異類的女子，多了一個損友兼益友，我們是醫病關係，也是書寫關係，這世界上有沒有一種文字是寫給醫生看的？

寫給醫生看的文章最難，因爲醫病關係也是一種權力關係，醫生支配病人，病人依賴醫生，破解它的方法只有書寫，只有她了解其實我沒什麼病，只是文學職業傷害之一員：也只有她了解，我的病就是我自己，誰不是如此呢？這些寫給凱莉看的文章，細訴我的文學之路與心靈流浪，也許許多問題都無答案，也無對錯，有的時候隨口胡說，有的時候故作正經，但我寫文章從未如此放鬆，因爲凱莉是個不設限的讀者，可能不是很好的文學品味家，卻是很認眞的讀者，我預設的文章性質也是這樣，不是文學創作，也不是韓國通古董家，比較接近臨床的心理回溯與傾訴。

然而凱莉又要離去了，她離去的背影是如此沉重，她的職業傷害不亞於我，多少年來她在極度父權的醫療體系下求生存，隱藏她的性別，漸漸失去性別。在這點上我們有相似之處。

學術界也很父權，文壇好一點，但寫文章的男人在婚後常常變成家裡的暴君與帝王，也許我身上還有一些傳統因子，因此可以過幾年正常的日子，事實上，我一直努力作一個平常人，因爲太努力，表演得太像，以致漸漸不正常。

現在，我對太正常的人感到害怕，你眞的是好男好女？百分之百的理性？我對自己也充滿疑惑，因此面對像凱莉這樣踰越性別的人，最是輕鬆不過。

我們都在疑惑中尋求眞理，在束縛中渴望自由。這樣的人最後大多會生病，有的時候，我覺得凱莉更像病人，而我是聽她傾訴的醫生，我們的位置對調，她不是輕易表露感情的人，但在我的大量書寫後，她也漸漸打開自己的心；有的時候我把她假想成另一個自己，我猜她也是，她有一顆失落很久的文學、心靈，非常非常寂寞。

可惜我不能安慰她，她也不能安慰我，我們只能是醫病關係。

凱莉臨走前送我一台舊電腦，連送東西都很無趣的人哪！她還是我的電腦老師，教我火星文的外星人，我那三腳貓的功夫都是她教出來的，她至少要有三台電腦在身邊才覺得放心。

「這是我最寶貝的東西，陪我度過最難捱的時光，我的祕密都在裡面，很無趣的，我這個人，不要太失望，沒什麼好題材可下筆，但我的生活除了這個也沒別的。你們學文學的人太注重自己的心靈，把自己搞得太複雜，才有這個那個想法，把心事交給電腦，就像丟進垃圾桶裡就沒事了。」

凱莉是個好醫生，爲了病人奮不顧身，她也治好我的病，這世界上有許多像凱莉這樣高尙又寂寞的人，我願對他們作無止境之傾訴與懺悔，請原諒有時我過於誇大或譫妄，無設限的訴說眞的好快樂，如果我曾講錯什麼，原諒我吧。

月半青春

嬰兒有嬰兒肥，青春期也有青春胖，我不能算頂胖，那時身材也很可觀，單性的生活令人肥胖，彼時期的照片都被銷毀，實在慘不忍睹。

女校裡同學不是過重，就是太瘦，少有恰到好處的，我的好朋友即是大竹竿，身高一七多，體重四十幾；另一個是大胖子，體重七十幾，那也不是減肥而成或吃出結果，而是正值發育期，麵團還沒發好，大家奇形怪狀，也沒有時間注意外貌，反正修女般的白衣黑長裙遮住一切。

有的人還比邋遢，皮鞋不擦，灰撲撲的，故意讓它開花，有的人頭髮東翹西翹，可以看出她昨晚的睡姿，大家都長痘子，嚴重的臉爛半邊，輕微的斑斑疤疤。

極少數愛漂亮的女生，腰束緊一些，裙摺短一點，晚上跟男生開舞會，上課不斷偷照鏡子，但也不是眞正漂亮的人物，記得有一個小個子，有張南瓜臉，另一個頭髮自然捲，嘴邊有顆大黑痣，像大姨媽。

漂亮的人物不是沒有，大都是運動健將，或會畫畫唱歌的小藝術家，但也不漂亮，在這階段大家似乎重才不重貌。

有一個樂隊指揮，高高瘦瘦，長得算清秀，許多人迷她，作業展覽時，我特別翻她的作文簿，天啊！字眞醜，錯字也很多。

那一兩個長得不奇不怪的就是珍品了，記得有一個臉蛋紅紅的小女生，被譽爲校花，大家喜歡去偷看她，幾個人擠成一團指指點點，彼此都很害羞，只敢遠觀，不敢近褻，有一次近距離看她，兩頰一大片雀斑，像美國村姑，雖然可愛，也有點小幻滅。

如果有什麼美好的事物，那就是校園裡花木特別多，每個季節有看不完的花，只有大自然景物恰到好處，花恰恰好，月也恰恰好，夢呢，無色無香無臭。

我們還不懂得如何打開自己的心，如何付出，卻渴求瘋狂地被愛，然而誰會愛一個月半女子？或是大竹竿？

青春的不完整性，是生命的一個過程，沒必要特別誇大或美化。那些謳歌青春的文字，大多是遠距離觀賞的美感或追憶。青春並不特別値得留戀，耽溺青春少女之美的中老年男子，最病態不過，他們眞懂得什麼叫青春少女嗎？他們迷戀的是海報美女或夢中仙女？

同學上了大學，過了二十，開始談戀愛，一個個變漂亮，且胖瘦適中，我也漸漸符合一般人的標準，瘦一點，美一點，然青春已在不知不覺中流逝，有些人還未畢業就訂婚了。青春到底有沒有來過？什麼時候來？難以察覺，這也是爲什麼青春如此蒼白，蒼白即無物。

瓷仔

閩南話稱瓷器為「瓷仔」，音似「輝仔」，聽來好像是某個鄙俗的村夫，或是不值一提的垃圾。

因為收藏古瓷，受盡各種屈辱，這「輝仔」果然是不好惹的東西。

屈辱之一，當你拿出好不容易得到的千年寶物，欲分享你的狂喜，朋友看都不看一眼，還打了一個哈欠說：「把我家的馬桶放上一千年，也是古董。」

屈辱之二，作家某某，把我寫成酷愛瓷器的戀物狂，兼荒淫好色的不良女子，我有得罪他嗎？他還貪婪地跟我要了兩隻古碗，事後還得意地說：「你不覺得我那篇寫得特別好？你那些瓷器給我無可比擬之想像，我想那樣的好文章我再也寫不出來了。」

屈辱之三，朋友一進你家，看滿屋子瓶瓶罐罐，如同陵墓，說：「這房子，陰氣也太重了，這些『輝仔』，不是死人用過的嗎？」

屈辱之四，某人要自認為可愛的脾氣，把我最心愛的小杯子小瓶子，一個個從櫃子裡拿出來摔給我看，以示雄性威風，以示對古物之鄙棄……

懷璧有罪啊！人生慘劇也不過如此。

因此有幾年把那些「輝仔」都收起來，看也不看一眼。

一直到韓國、日本，每到文人雅士之家，主人拿出年不過百年歷史的「有田燒」或名家後仿的「高麗青瓷」，如捧著心肝，小心翼翼進行茶道，詳細解說寶器之出身，我的眼淚與委屈終於潰堤，眞想抱頭痛哭一場。

又譬如到大英博物館，中國瓷器謂西方收藏第一，數量不到故宮十分之一，看他們把碗一上一下擺著，露出圈足以供鑑賞，如此恭謹，文字說明比故宮詳實專業，令人徘徊惆悵不知如何說。

台灣人對瓷器與古物之無知與冷血實在令人無法理解。

到故宮最多的是外國觀光客，本地人看瓷器五分鐘瀏覽完畢，都說：「以前的皇帝有夠敗家，連『輝仔』攏框金擱包銀！」對大多數人來說，故宮的收藏意義只在郵票或月曆上，走不進人民的生活，就這一點上，故宮要負一點責任。

有多少人關心漢人的瓷器燒造，領先西方一千多年，而被稱爲china，我們不愛瓷器，因我們是台灣人。

也許我們的祖先都是海盜世家或海上流民，一隻破碗走天下，半陶半瓷潦草的青花碗，還有一大塊缺口，碗就是碗，吃飯足矣，越摔不破越好。乞丐碗狀元命，「輝仔」越破越好。

以前只有年節時，會用上整套的大同瓷器，那已是頂級奢華，過完年又供回櫃子，繼續用破碗。只有母親愛買古瓷，日本的伊萬里五彩古茶具，有一隻瓶子精細如糯米團，瓶底可顯影，是一古裝日本藝妓，孩子們擠成一團爭睹，日本製的喲！我們的戀日情結，不都是由一只杯子一隻瓶子開始，這是歷史與文化的錯亂。

現代人也有人花百萬數十萬買內森的瓷器，或西方十八九世紀的咖啡杯。

當日本、韓國人拚命收購中國古瓷器，我們還笑他們老古板。

等有一天，台灣人對「輝仔」開竅時，連一塊破碗也搶不到了。

最大的屈辱莫過於此。

旅遊病

在我年少時，到歐美留學或遊學風氣很盛行。原始部落的成年禮常是由一個少年獨自出外冒險流浪幾年來完成，留學似乎也有那個意思，歐美代表的文化霸權，說眞的只有讓充滿自卑感的東方人心靈更扭曲，因爲文化差異太大了，那時代遊學似乎也只選擇歐美，一張機票花光所有積蓄，飛機飛個兩三天，時空錯亂，便有那麼一點流浪的意思了，如果再在塞納河畔、萊茵河畔住一年半載，就覺得自己脫胎換骨成藝術家，所以旅遊也是病態之一，病在誇大與錯覺。

旅遊只是旅遊，由一地到一地走走看看，未必能脫胎換骨，未必要像失根的蘭花，只爲治療與放鬆，它應是輕鬆的，不必傾家蕩產，也不必放棄國籍，更不必離根離葉，那太悲情也太痛苦了。

凱莉這一代人，才不那麼傻，歐美對他們來說一點吸引力也沒有，因為很小的時候就去過了，父執輩也多半留歐留美，她自己是到新加坡讀醫學院，想回家就回家，飛兩三小時就到了，人文、氣候、種族也差不多，更不必想念中國食物，新加坡美食也是很有名的，同學各種膚色都有，有西非的修女，也有白人，像聯合國一樣，她一樣把英文學得不錯，也有國際觀。旅遊她只去東京、香港、墾丁，到東京買小布跟電器；到香港剪頭髮買名牌看藝術節，到墾丁潛水吃海鮮，她絕不到有時差的國家，也不花太多時間坐飛機，玩就是要輕鬆，而且要省下機票錢血拚吃大餐，再說我們的墾丁風光也不比夏威夷峇里島差。想交西方朋友嘛，網上有的是，網路撕掉人性假面，也撕掉所有上國神祕的面紗。

凱莉是不是太過偏激？我倒覺得她對旅遊的想法很健康，不投射過多的幻想，也就不會失去太多自我。

在小說中描寫旅遊病印象最深刻的，應屬托瑪斯曼的《魂斷威尼斯》，老去的作家旅行至威尼斯，迷戀一俊美少年，最後染上瘟疫死去。小說夠浪漫夠淒美，然其中有旅遊的錯覺與誇大，很能說明人在旅行中的迷幻狀態，旅行者自以為是主體，擁有無限自由，在歷史久遠的文化古國，美麗的人事物皆變成被觀看的客體，也是可占有的他者，少年在這裡的位格是女性也是客體，如同這個古城，作家覺得他漸漸改變，其實他正一點一點蒸發，最後主體與客體一齊消失，一切幻影虛妄如海市蜃樓。事實上我們不能占有空間，最後是空間占有我們。

然而，我們不再需要流浪與成年禮了嗎？當然要，但不必跑太遠，繞東亞一周夠了，就好比歐洲大學生在二十歲前繞歐洲一周，有沒有脫胎換骨不重要，最重要的是不喪失主體。

過個科威特年

那頓年夜飯吃什麼完全無印象，只記得沙漠之夜，亮澄澄的到處是藍光，天色似乎不情願沉入黑暗中。

L住在科威特多年，回台灣時邀我到科威特過新年，她的丈夫是華裔英國人，也注重中國年，L辦了一堆年貨，幾個黑珍珠蓮霧隨身抱著，像寶一樣用布包好藏好，小先生最愛吃台灣蓮霧。看她大包小包的，連醬油調味醬都帶上，準備開沙漠飯店的樣子。

抵達她家已是除夕下午，馬上操辦起年夜飯，那幾顆蓮霧供在壁爐上，有些已磕碰缺角，這裡太乾燥，蓮霧易爛，我想建議他們趕快吃，但看小先生一副還想供幾天的樣子，便閉口不提。在這裡蔬菜水果比黃金珍貴，黃金滿街是，而且大如腰鍊，L說：「不要買，不是純金哦！」

那晚應該是烤了一枝全雞，也應該有魚，或者香腸烏魚子，反正菜端上桌時，因爲時差，大家皆睜不開眼，餐桌上點了一枝蠟燭，很有氣氛，但光線昏黑，我早已進入禪定狀態。

不知誰提議：「去睡吧！」大家立刻獲救般霍然起身，看時間才當地晚上七八點，心有未甘地到院子裡小立一下，藍色的夜光把我照射得像鉛人，四周靜寥，連蟲鳴也無，如在外太空。不知誰打了一個呵欠，以下皆不復記憶。連睡床或沙發都不知道。

第二天醒來已是大年初一，悔恨之下，便上街去逛mall，比一〇一還豪華摩登的mall中，走動的都是穿長袍披頭巾的男男女女，有的女人還戴墨鏡蒙面紗，古今東西錯亂至極，他們是全世界最富裕的國家之一，開跑車蓋摩天大樓，卻堅持保持自己的文化傳統，比之我們，顯然文化抵抗力較弱。

青少年也穿牛仔褲，女人穿在長袍裡面。在化妝間大家原形畢露，原來她們也愛牛仔褲、名牌鞋、名牌包包，女人的妝強調眼睛，畫得又濃又翹。

科威特人喜歡坐在咖啡廳或路邊看人，或擠在mall裡逛街，想來他們也沒地方去，土地只有台灣的三分之一，油田與沙漠占了大半，馬路又寬又多，只好把家裡蓋得像皇宮，房子大得離譜，路上跑的都是嶄新的名貴跑車。

我不禁同情L與她的小先生，問她：「你怎麼在這裡住得下去，我待一天就想打瞌睡，而且還有戰爭。」L歷經兩次科威特戰爭，她真是傾國佳人，走到哪裡戰爭就跟到哪裡。

L說：「我愛地毯，我的地毯都是命換來的，前輩子我可能是伊朗人，你相信嗎？」L送我一小塊古董織品，五色斑斕像女媧補的天，說是在伊朗從一個老婦人手中硬買來的，她把它切成好幾塊，裱成畫，有立體派畫風。

L原來在台灣開地毯店，她瘋狂於各種織品，深入不毛之地與戰區找地毯，因此認識小先生，小先生年紀不小，個子小，他是廣東移民，最愛鄧麗君，飛過大半個地球找到自己的沙漠新娘。也許每個人都在尋找自己的夢中魔毯，帶我們飛向不可知的境地，能飛的人絕不願步行，我們在飛行中相遇，莫忘交會時的光芒。

「恭嘿法彩！」記得我們是以小先生的母語互賀新年。

P A R T 3

韓流來襲

韓文的十二堂課

我每對人說讀過韓文系，聽者的眼睛無不發亮：

「眞的？韓流せ，好酷！後來呢？」

「轉系了。」

「轉什麼系？」

「中文系！」

接著是一片哀號與惋惜聲。讀韓文眞有這麼炫？讀中文有這麼差嗎？老實說在二、三十年前，我們在校園裡眞是弱勢啊！舞會自我介紹說「東語系」，對方不是聽成「動力系」就是「動物系」，東語系分土耳其語、阿拉伯語、韓語、俄語四組，其中以阿語最吃香，當時爆發能源危機，阿拉伯成黃金之域，讀阿語金光閃閃，其他面色如土。辦聯誼只有政戰有東語系，彼此都不太熱心，一軍一民，不搭。總之上國意識讓我覺得讀韓文十分委屈。

系上的教授都是男性，且多娶韓國妻子。到老師家聚餐，師母一直待在廚房裡，只有告別時才出來送行，其時韓國女性地位低落，不能直視男性，常保持低頭的姿勢，這又大大傷害我的女性自尊。老師開玩笑說韓文是世宗大王上廁所時得到的靈感，這更讓我覺得臭不可聞。

我的姓名韓文念為「豬撲牛」，因具娛樂效果，老師最愛點我的名，總會引起哄堂大笑，這逼我非轉系不可，雖然韓文成績還不錯，老師為鼓舞我們都給了高分，記得還有近滿分的，無奈東語系轉系風很凶，過一年轉走三分之一，我轉入中文系決心把韓文忘得一乾二淨。

韓劇大紅，我始終抗拒接觸，一日聽說《商道》好看，放帶子時那些韓國話聽來好熟悉，很多字都會念。恐怖！我學日文更久，五十音記不齊，荒廢近三十年的韓文居然還記得。上小說課時班上有韓國學生，對她們脫口而出：

「你好嗎？最近的天氣眞好！」

這句話是韓文系老師常掛在嘴上的話，陰魂不散跟了我這麼久。因著韓國熱，書店很容易找到韓文課本，便慢慢撿回韓文，感謝世宗大王讓韓文好學好記，子音加母音才二十四個，很快就可朗朗上口。它的讀音近中文，文法類日文，有時讀音近河洛話客家話，如夜市讀如「鴨戲」，長今讀如「蟲金」。

這學期小說課選讀韓國小說，李文烈與朴緒婉，前者冷冽，後者溫婉，皆訴說韓國人混亂的認同意識。韓國的命運跟台灣接近，長期被殖民統治，也曾在日本皇民化運動下被強迫改名，視韓文是低劣的文字，蘇聯、美國介入使國土分裂爲二，紅色北韓虎視眈眈。不同的是韓人鬥志高昂，民性強硬，光日本教科書竄改侵略一事，吵吵嚷嚷三十幾年仍未罷休，最近又爲獨島一事翻臉。相比之下，台灣人眞是好說話，還去拜靖國神社。我覺得現今台灣價值體系顚倒，連台灣地圖也可橫著看。

韓國也亂，但士大夫觀念仍十分濃烈，知識分子扮演社會的良知，動不動流血抗議，還把貪污的總統關起來，韓文中我喜歡「世道」這兩個字，它代表的是一個時代的良知水平與通往理想的道路。韓國人喜歡金大中、盧武鉉，因爲他們是全羅道人，那裡多是叛臣流放士大夫的後人，提到全羅道，韓人無不點頭：「聰明！有骨氣！」台灣人雖聰明，有骨氣的人越來越少。

在南怡島上，人們在松林小徑裡追逐「冬季戀歌」的神話，到處是裴勇俊的照片，
到處是騎腳踏車的戀人，有誰追悼被流放的南怡將軍？

讀中文系的韓國女孩

今年我的小說課上來了一個梨花大學中文系四年級的韓國女孩，聽寫沒問題，演說較吃力，她們從小在學校就有漢文課程，大學的中文系屬外文系，老師大多是到大陸研究所深造的老師，現代文學還在五四打轉。她到台灣研究台灣現代小說，我卻選讀韓國小說，讓她啼笑皆非。

這不是我的選擇，而是大多數學生投票的結果，要他們掏錢買書不是件容易的事，現在也不是老師規定的時代。他們已對鄉土與後現代感到倦怠，跳出台灣中心來看東亞文學是年輕一代共同的心聲。華文文學在東亞雖占優勢，胸襟與日韓文學相比似乎狹隘了一點，井上靖可以寫敦煌、樓蘭，大江健三郎寫核戰下的陰影，李文烈寫基督教，他們的地圖學並不以母國爲中心，而兩岸文學漢人中心意識太強烈，在網路無國界的今日，E世代也感到厭煩了。讀韓國小說讓他們找到新鮮的空氣。

女孩在我的研究室一直揮汗疲憊地說：「台灣太熱了，我剛來時一直中暑，不斷昏睡，現在好一點，吃還是不習慣，沒有辣，我們沒辣是不行的。」

說到辣，我說在台灣吃泡菜沒問題，到韓國吃了馬上肚子絞痛，她說：「可能是放魚醬蝦醬的關係，那些調味台灣人可能吃不慣。」

她說畢業後想在台灣或大陸找到翻譯或祕書工作，現在學中文的韓國人多半想到大陸發展，新興市場往更新興市場去。

「台灣或大陸現在都沒有儒學了，在韓國儒學的力量還很大。文學上也分儒學派跟現代派，李文烈就屬於儒學派，現代派女性主義者就批評他寫的都是男人爲中心，很剛烈的小說，他說：『我就是這麼剛烈，有什麼辦法呢？』儒學派的中心在安東，我家就在那裡，我爺爺也是信奉儒學的。」

記得七、八○年代，來台學中文的韓國留學生，研究以經學或義理爲主，其時台灣還有幾個大儒如牟宗三、章君毅，後來新儒學也想走出自己的路，可惜解嚴之後天地丕變，中文系也在激烈變革中，邊緣的成爲主流，新價值取代舊價值，人人都是激進派，沒人想當保守派。沒有哲學，沒有大師的年代，許多人自稱天眼通，這麼多人打開天眼能解決什麼問題？

歐爸與A妹

南北韓雖然開始坐下來和談，笑話還是很多，最常聽到的是北韓總統到首爾，看到車陣如水流，不禁說：「不錯！你們可以在一天之內把車輛動員集中到這裡。」南韓總統說：「是啊！最厲害的是把高樓大廈也動員集中到這裡。」

南北差異果然很懸殊，北韓人喊總統爲「阿伯吉」，就是「爸爸」的意思，動不動就說「這是阿伯吉賜給我們的」、「金日成總統是我們的阿伯吉」，南韓人到北韓受不了這肉麻，北韓人對他開罵：「你穿的是我的阿伯吉做的，吃的是我的阿伯吉種的，腳踩的是我阿伯吉的土地，你還不知感謝？」，這比「連爺爺我們歡迎你」更偉大。

相對的，南韓女人喊愛人爲「歐爸」（哥哥）也令人受不了，連續劇的對話更令人忍俊不禁，男主角名字多有「俊」，女主角名字多有「美」，對話如下：

「歐爸！你不要再讓我哭好嗎？歐爸！沒有我你也要好好活下去！」（飆淚）

「珊咪（善美），不可能的，沒有你我也活不下了！」（飆淚）

「歐爸！歐爸！」（飆淚）

這說明無論北韓人還是南韓人，都還受宗族主義影響，總統是大家長，丈夫情人是兄長，韓國人古稱「白衣民族」、「隱士國」，說明的是追求桃花源的理想，男耕女織，雞犬相聞的農業社會。幾千年來維持著儒家信仰。到現在儒教的勢力還是很龐大，安東地區的人尤其保守，儒教村比比皆是。

南韓文學以信奉儒道的傳統派，和質疑宗族主義的反傳統派爲主，前者的代表人物是李文烈，李氏擅寫剛烈的男性世界，他的小說以男性爲主，女人不是家庭主婦就是妓女。女性主義者批判李氏的作品太父權，這個「歐舅西」（大叔）很性格的說：「我就是這麼剛強，我也沒辦法啊！」

最近南韓人也覺得老叫「歐爸」太肉麻，改叫愛人爲「歐舅西」（大叔），那麼女人不是變成大嬸或大媽了嗎？

韓國女人在婚前就像「我的野蠻女友」全智賢那般囂張，男朋友任她作牛作馬驅遣，其中存在著「處女崇拜」情結，女人一結婚生子就貶值了，男人又因爲有服役期，相對較弱勢。婚後地位完全倒過來，果然變成大嬸或大媽。女人在婚前於是盡情驕縱，婚後退居家中，現在連婚姻也綁不住了，聽說首爾的離婚率高達百分之五十。

不要盡笑別人，我們這裡婚前迫不及待互稱「老公」「老婆」，婚後互稱「貝比」，男女由裝老到裝小，是否意謂著退化呢？十幾年前初到大陸，人人互稱同志，我相當不自在，有人體貼教我也可稱「師傅」，年紀小的叫「小師傅」，我覺得順口多了，叫嬌滴滴的少女為「小師傅」，特有香豔之感。相比之下，我們叫先生、小姐、女史是「走資派」。

本土化之後，哥啊姊啊妹又流行了，美女叫辣妹，第一把交椅叫一哥一姊，穿低腰褲的叫「股溝妹」，胸前偉大的叫「乳溝妹」，外來的女子叫大陸妹、越南妹、韓國妹，以前有人寫過一篇文章叫「不要叫我姊！」現在我呼籲「不要叫我妹！」叫妹的都沒什麼善意。

不久前跟學生去買化妝品，我向專櫃小姐索取一些試用品，她在一旁叫我「A妹」，我立刻送以白目，孰料她說：「我還沒叫你A婆呢！」

女人化妝

女人出門化妝需要幾個鐘頭？最近韓國女人有趕上日本的趨勢，兩個鐘頭跑不掉。在明洞、東大門逛街，韓國女人的妝越化越好，濃豔但有風格，到處是賣化妝品的大賣場，價格便宜得像買文具。最近又流行混搭復古風，又濃又捲的睫毛，誇張的眼影、項鍊、手錶、腰帶、包包、大耳環，還有畫指甲、貼刺青、擦香水，怪不得要兩個鐘頭。

我在課堂上作隨機調查，台灣女大學生出門最多花十五到二十分鐘，如果約會，最多花五十分鐘到一個鐘頭。

我通常是十分鐘出門，換衣服五分鐘，臉上的防護妝五分鐘速成。爲了表現自己的幼秀，有一回故意放慢速度，全套裝備，至多也是半個鐘頭。爲什麼韓國女人需要兩個鐘頭？

直到洗SPA的時候終於謎底揭曉，那些安安靜靜一個人慢慢泡的是日本女人，動作較快的是韓國女人，台灣女人是在玩不是在泡，嘻笑的有之，潑水的有之，游泳的也有之。

梳洗的時候，韓國女人用一塊類似菜瓜布的東西，從頭到腳每個部位不斷搓洗，總要搓個半小時。保養時胸部一瓶、手一瓶、身體一瓶、腿一瓶，臉上當然是好幾瓶，化妝著重在細部，如眉毛眼線唇線，蜜粉中加人參粉，聽說有美白跟滋養的效果，頭髮弄最久，因爲要梳到有型，總要抓弄個半個鐘頭。看起來清潔的工作跟化妝的工作並重，怪不得看來清清爽爽，我在一邊觀察，眞覺得自己粗魯又隨便。

我剪髮一定剪不需整理的髮型，化妝只是隨便掃掃，有個輪廓就好。如果女人化妝的時間跟進化成正比，我是絕對贊成化越久越好。

事實上，韓國的男女關係實在不令人嚮往。觀念還是很保守，老一輩丈夫打老婆的還很多，年輕的一輩，女人既要會賺錢又要會持家，一根蠟燭三頭燒，因爲還要侍奉長輩。敬老尊賢的觀念濃厚，公公婆婆的地位擺第一，媳婦地位之低落可知。

怪不得韓劇少有家庭劇，其不浪漫可知。女性的黃金時期多在結婚前，還是處女，還沒接吻。彷彿一接吻女人就貶值了。公主與王子的神話編織得越美麗，結婚後的景況更不敢想像。

在東大門金飾店裡，擺著一套套又粗又俗的K金首飾，有指頭粗的項鍊，鈕扣大的耳環和戒指，這是訂婚時，男方送女方的聘禮。我彷彿又回到中東市集，金光閃閃中看到屈抑的女人身影。訂婚項鍊越粗，女人的地位越低，這個定律不知能不能成立？

女人出門到底化妝多久才合理？法國女人三十分鐘，美國女人十分鐘，我看取其中道，二十分鐘眞的夠了！

君不吃

爲了去韓國，我整整準備了一年，複習韓文，猛攻韓劇，還有吃辣。以前不吃牛肉麵、川菜、泡菜皆因爲辣，爲了保護賴以謀生的「金嗓子」，也因爲喜歡清淡飲食。

剛開始是爲對付口乾症，在網上看到美國醫師的治療方法，是在口腔塗辣椒粉，辣可刺激唾液腺分泌，於是開始吃一點辣，辣牛肉乾、辣泡菜，果然有效，於是進階到辣泡菜鍋，再至正宗韓國館子吃那每一盤都像撒著豔紅砒霜，看起來很厲害的韓國料理。每次接近那家「長壽韓國料理」，那興奮刺激不知如何說，我開發了味覺的新領域，吃辣不僅是受虐狂的一種，還是興奮劑的一種，怪不得會上癮。

我以爲已修練成道，沒想到一踏入韓國領土就被打敗了。

首先是看起來不紅，吃起來不辣，下肚後腸胃翻攪的各式生泡菜，怪不得韓文音似

「君不吃」，傳說是秦始皇時代，韓國人把泡菜帶到中土，皇上吃了跟我一樣推說「君不吃」，爲什麼不吃呢？後來才知光是會吃辣是沒用的，醃製泡菜還加了十幾種「異物」，那毒啊勝似砒霜。

我們這一行人依抗毒性很快洗牌分爲上中下三品，像我這種「君不吃」的爲下品，端上來吃了都沒事的爲中品，至於那些大喊「不夠勁！不夠勁！」擠到司機那桌，吃那一大鍋紅紅濁濁的奇物，吃完後連司機都拍肩膀，眼、鼻、口通通冒著火，像剛打完拳擊賽的猛獸，那才是上品。

到了韓國不吃辣是很慘的，連在梨花大學女人街，一群青春漂亮的女大學生圍著一攤賣辣年糕的頻呼「好吃啊！好吃啊！」看那一大鍋似火山熔岩的紅辣之物，我只有欣羨的份兒。

眞是一餐不如一餐，兵敗如山倒。除去泡菜和辣，韓國料理眞可以淡出鳥來，我每每對著一鍋清清如水的鍋物快掉淚，米飯更是硬而無味。有一日看街道上掛著「咚咚汁」（小米酒）的招牌，便叫一壺來下飯，但見一小缽類似原住民的小米酒，顏色近味噌湯，一缽才五千韓元，台幣一百多，喝來有股說不出的怪味，正回味著，有人說：「加人參！」原來如此，什麼都加人參，補是眞補，就是不好喝。

至於泡菜爲什麼非這麼紅這麼毒不可，看韓國人做泡菜，首先是紅辣椒粉加人參粉、糖、蝦醬、魚醬等十幾種成分，成濃濃稠稠的紅膏，在每一片白菜葉上塗上厚厚一層，然後捲起來成球狀，放入甕中等發酵，據說是第三天最好吃。因爲加了人參等中藥，故吃起來甘辣甘辣，成爲椎名誠（寫《辣得好吃》的激辛日本作家）描述的「甘甜的辣味」。

我覺得令我潰敗的不是辣，而是甘甜。太多的海鮮醬與生中藥，令我這不吃醬料與補的受不了，太補了！

韓國人吃什麼都愛加人參，補得每一個人像待發射的子彈，說話做事劈里啪啦，好幾夜我high到睡不著，腦子裡轉的都是人參雞、人參酒、人參巧克力、人參茶……

辣椒剛傳到韓國時被認爲有劇毒，加人參也許是爲中和毒性，毒加補等於衡，總之這兩個極端的組合，很能說明韓國人的脾性，明顯的需要更堅強的胃。

我開始覺得在韓國有點憂鬱，直到發現密斯特多拿滋，那五色鮮豔的死甜糖果屋，開發了甜味的另一境界，也讓我大開甜戒。買幾個澆了濃濃巧克力的甜球，加上QQ的珠鍊多拿滋，配一杯黑咖啡，想到台北人想吃還得排隊，那幸福啊不知如何說！

口腔期與肛門期

滿懷希望到韓國美食之都——光州尋找大長今，吃了道地的石鍋拌飯、昂貴的牛骨湯、燒烤海鮮，吃了幾頓用生菜葉包飯，覺得自己快變成草食性動物，不變的總有一鍋或烤或煮端上來，吃起來清湯寡水，深深的失落感難以訴說，於是棄而轉攻我較愛的日本料理。

爲求道地，千打聽萬打聽，說首爾江南那裡有一家很高級，一進小包廂，布置很豪華，先端上來幾味小菜，氣氛已有點不對勁，但見醃得顏色有點奇怪的蘿蔔皺巴巴的，接著是一大盤生菜葉還有紅羅蔔棒、好幾碟泡菜，我心裡暗叫一聲完了，草料又來了，然後是上了一大籃乾粉絲，上面放好幾十塊生魚片，出自同一條不知什麼碗糕魚，切得像火鍋魚片，如再加一隻鍋子，就跟上一餐上上一餐沒兩樣，壽司成細長條鬆懈狀，這就是所謂的高級日本料理，我的心在嗚咽，我不是美食家，對食物的要求實在不高，但也不要這麼欺侮人嘛！

爲了療傷止痛，我的腦袋快速整理，整理出來的邏輯是，韓國人不喜歡日本料理，也不喜歡他國料理，他們的飲食習性太固定了，外國料理來這裡會完全韓國化，連麥當勞也有泡菜。我甚至懷疑韓國人是不講究吃的，他們做菜的力氣都花在醃製泡菜上，其餘只講個快速，肉隨便烤兩片，飯拌兩下，包在葉子裡吃，只要有個紫菜湯、幾片生菜葉就滿足了。吃法的原始跟日本人很像，講究原汁原味不加工。日韓兩國雖是世仇，國民性格卻接近，注重小節，規矩特多，你看他們對茶道的講究，是多麼相像，在吃上也是一派潔淨，無欲則剛，先用辣死人的調味醬（芥末與辣椒）麻木味覺，讓吃等於不吃；因爲沒吃飽欲望不滿，固執起來很強硬，有很嚴重的潔癖，這不是肛門期的典型性格嗎？台灣話說「結塞」即是。

台灣人跟香港人較接近，嘴刁挑食，但大而化之，一吃解千愁，一吃也可泯恩仇，你看鴻門宴即是，吃的門道無奇不有，吃的理由一點也不必有，只要吃得好，什麼都好說，所謂「人爲財死，鳥爲食亡」，我們可以改爲「鳥爲財死，人爲食亡」，白話一點是越貴的鳥越有人吃，人不吃會死人，近代重要的文學作品不都跟食物或飢餓有關嗎？

《殺夫》啊《棋王》啊，我們還停留在口腔期，沒吃飽的，或不愛吃的，大多愛說八卦，我也見過又愛吃又愛說八卦的。

因爲肛門期性格使然，切腹跟武士道精神，美則美矣，在我們看來是有傷食慾的，韓國人愛在嘔吐、排泄一事大作文章，我們也覺得不可思議，像《我的野蠻女友》中的全智賢一上來的經典鏡頭，就在禿頭男人頭上大吐特吐；《浪漫滿屋》的女主角也是一開頭就吐了男主角一身穢物，最誇張的是《總統理髮師》中，南韓懷疑北韓使用細菌戰，凡是拉肚子的都是匪諜，每個人都要檢查糞便，九歲的小孩拉肚子，爸爸爲掩護他，替他拉大便，但見一個又一個演員在茅廁努力作戰，這些鏡頭也是有傷食慾。

肛門期的人固執，口腔期的人貪吃，他們是不同的人種。

所以我們不理解日本人韓國人是當然的，就像他們也很難理解我們一樣。

恍如嬰孩

我不知道別人如何，在長途旅行中我是較活潑隨和的，吃很多睡很多，跟呼聲如雷的人同室也睡得不錯，大概是腦袋停止思索，神經也鬆綁了。所謂旅途的憂鬱與感傷是少有的，快樂也不是很強烈，感覺是回到水中游魚的狀態，優游地泳動，臉孔是呆木的。

喜歡在異地約朋友見面，因時空不同，彼此的感覺都變了，或華麗或清朗，人也熱情許多。橫濱之旅算是美滿的，景色美、食物好、同伴雅，嘴邊卻長一顆凍瘡，所有的快樂因之減分，在目黑車站附近與日本友人相約，她看來有點寂寥，抱怨物價高得離譜，快把她的積蓄花光。然我們還是快樂地吃著甜美的聖代，嘴邊的凍瘡痛得快裂了，連口紅都無法上，還記得身上那襲有層層大荷葉的米色襯衫，鏡中的我像橫濱人形館中的古董洋娃娃，有些微破損皸裂，是歲月的痕跡，那凍瘡越長越大直至成小圓銅板狀，回來後還不斷嫌棄那凍瘡破壞完美，眞是不知惜福。

在西班牙葡萄牙，旅行至第四個禮拜，人困馬乏，在小石子路上摔一大跤，膝蓋破一個大洞，夜裡發炎腫痛，第二天不能起身，我不斷哀叫，同伴毫不同情，說沒保險無法求醫，丟下我出去玩樂，大概旅行讓人變得自私，失去人性，回國後兩人漸行漸遠。我們都不敢面對彼此的眼睛，他的虧欠，我的怨懟，當時以爲人事本該如此，健壯的身體日行數十里，別人能我也能，年輕時總是太誇大傲慢。

旅途中，脆弱時很脆弱，堅強時也很堅強，跟妹妹約在羅馬見，她在梵諦岡廣場附近租了一戶小公寓，我們在吵雜的飯館中聊起往事，她說這附近的巷弄令她想起故鄉潮州，她的眼眶有些濕潤，到異國遇見故鄉，也許是一廂情願的認定，也許我們都有一點老了，到哪裡都想起童年，相對久久無言。而彼時身體正好，是不知什麼叫愁緒的。

這次到韓國全羅道光州，與一小女生同行，我也感染到她的吱吱喳喳，那裡少有外國人，人們好奇地猜我們是哪國人，沒有人猜對。豔陽高照，跟台灣溫度差不多，這裡出產大西瓜、茶葉、青瓷，也是美食之都，咖啡出奇地香醇，西瓜跟台灣比相差甚遠，美食想必也是如此不值得品嘗，隨便繞兩圈遂毫不留戀地走了，只要抵達心願足矣。

因為生病禁足旅行四年，病情重時常以為不久於人世，現在又能走能看，我常懷感謝走每一步，尤其是清晨乍醒，恍如嬰孩，很想跟窗外的小鳥一起高歌。

誰發明印刷術

印刷術，有什麼疑問，當然是中國人發明的，《夢溪筆談》記錄得清清楚楚，宋人畢昇首先使用活版印刷。

當中韓兩國爭得死去活來，台灣人懶得去爭，干我們什麼事？沒想到這次到韓國直接碰上這個問題。

認識江南大學曹教授完全是意外，她是小女生那邊的父執長輩，沒想到我們一到韓國他就打電話來了，他那口流利的北京腔國語，在首爾聽有點怪異，連我韓國的學生都說現在流行台灣國語，她認爲比較乾淨。曹教授跟我年紀差不多，是八〇年代到台灣中研所讀書的韓國留學生，我們先後受業於版本目錄學家昌彼得教授，昌老師聲如洪鐘很能喝酒，目錄學我沒學到多少，酒倒是跟著喝了很多。曹教授回韓國成爲版本目錄學家，在文獻情報系教書，這系聽起來有點恐怖，其實是文獻資訊系的意思。可以感覺他是十分認眞的學者，外表很嚴肅，一張黑臉像閻羅，笑起來像天眞的孩子，我說他是兩面人，他紅著臉低頭笑。

我說爲我們的老師喝一杯，他眞的很能喝，交手一回我馬上豎白旗。喝了酒的曹教授很熱情，也就是這時他提起畢昇發明活字排版印刷，但只是發明，並沒有實際印刷，首先印刷的是韓國人。

鋼版印刷的確是韓國人發明的沒錯，但比畢昇晚了兩百年，現在韓國學者拚命找證據證明第一本活字印刷佛經是出自韓國人，大陸學者立刻提出反駁，第一本佛經雖是出自韓國人，卻是在中國排版印刷。雙方爲辯出眞理，發動大批人馬，還原畢昇當時的歷史現場，重製泥字，重新排版，油墨也是原配方，印出十二世紀的排版印刷，這種科學實驗精神令人感佩，但這場歷史公案還有得打。

以我研究古文物的外行想法，十二世紀高麗王朝文化高度確實與中國同步，韓國人在國力強盛時可以拚出一等一或超前的技藝，此話不虛，只要看他們高麗王朝的陶瓷與雕刻，天文與曆算，可說是不輸中國人，那時中韓兩國往來頻繁，中國陶工、印刷師傅到韓國，跟韓國陶工印刷工到中國一樣普遍，就好像現在的3C產業、影視工業來往一樣密切，我覺得在宋朝，中韓文化同步是極有可能的，共同享有印刷之祕也是可能的。

應該注意的是漢文化在元朝之後一度轉弱，到明朝又掀起高峰，朝鮮倒是難以重振高麗王朝雄風，文化也難以再創高峰，原因在哪裡呢？是箕子情結或宋明理學的束縛嗎？這裡面有我們不敢挖掘的歷史情結，韓國人想找回自己的文化自尊與主體，這是無可厚非的，恐怕中國人的文化沙文主義更嚴重一些。

走在首爾的書店，中文書籍，尤其是古文書，密密麻麻比台灣書店多得多，現在台灣學生誰看古文書？禮失求諸野，韓國一點也不野。

在三星集團設立的湖巖美術館，曹教授一直盯著早期的銅版印刷字模發呆，他那嚴峻認眞的側影，像老鷹一樣，我彷彿感到歷史的寂寞與蒼涼。

陽光盛大的城市

越往南走，陽光越盛，可以感覺鼻樑顴骨處灼熱，光趨白熱，女人手上都撐著一把陽傘，然地面散出的熱氣更令人躲無可躲，溫度在攝氏37度至38度之間，我在韓國南部光州遇見台灣南部的陽光，這裡的人皮膚黝黑，輪廓較深，是古時百濟的後人，跟北方的高句麗、東邊的新羅有所不同，南端面臨南海，有那麼點南洋風情，這裡出產全國最好的青瓷、茶葉、大西瓜，還有人民抗爭運動。

全羅道地處西南部群山衆嶺之中，與外隔絕，發展較遲，歷代受政治迫害的事件層出不窮，近代有名的光州事件即發生在此地，一九八〇年學生民主運動發展成血腥鎮壓，死傷人數至今仍是謎，走在這陽光盛大的城市，我感覺到低抑的狂躁，冷靜的敵意，四處有人問我們是哪國人，這裡鮮少外地人，不要說是中國話，會說英語的也很稀有，這幾天被旅館服務生的英文搞得快瘋了，他只會說water跟egg，發音爲「瓦脫兒兒」「也格」。街上的招牌多有漢字，看著一棟棟大樓寫著「五洲」、「仁義」等字樣，眞有時空錯亂的感覺。沿街販賣的大西瓜，上有粗黑紋，成大橢圓形，遠看像台灣西瓜，吃來水多而不甜，相去甚遠。

年紀大了也許是這樣，走到哪裡都想到故鄉，說「熱得跟台灣南部一樣！」「茶品質不如台灣喔！」「風景好像木柵、深坑！」「人長得像高雄人，皮膚好黑！」

終於看到有雀斑的女人，前幾日首爾女人的白淨皮膚令人挫折，陽光對女人最直接的光害就是雀斑。我的鼻樑兩側也有小雀斑，曾因此痛恨命運不公，還懷疑自己身世，姊妹們的皮膚俱白淨，連弟弟也是小白臉。我的瞳仁是褐色像貓眼，臉龐窄而長，小時候自我介紹祖先來自河南，一音之誤，大家就都以爲我是荷蘭人。

差別不過是我比較野，常頂著大太陽在外面玩，時而騎車長征大武山，夏日在海邊戲水終日，那時普遍沒有防晒概念，陽光在我臉上留下黑影，那是光的吻痕。

我到底是哪裡人？到西班牙南部晒幾天，兩條手臂晒出密密斑點。身世的祕密終於顯現，不過是南部的光害而已。後來到美東一年，小雀斑不見了，皮膚白泡泡像棉花糖，大陸人都猜我是上海人，很錯亂啊！

讀梨花大學中文系女生說：「我喜歡台灣人的皮膚，很健康又自然，許多女生都喊著要美白，臉太白不就像面具？」

另一個小女生說：「臉上太空白眞的很奇怪，總要有點東西吧！我喜歡雀斑，像芝麻人。」

這個城市行走著許多芝麻人，她們不講究美白，於是臉上就有一些內容，那是歷史的滄桑，也是陽光走過的痕跡。

你可以想像我在這裡多親切自如，爲躲陽光，走進對街的啤酒屋，老闆知道我們是外地人，特別拿有圖片的菜單來，食物多是海鮮類，聽說這裡的章魚很有名，螃蟹生吃很難想像吧？泡菜倒是一流，啪啪擺滿一桌，都是費工的小菜，翠綠如絲緞的醃韭菜，堆成小山，醃豆皮很像我們的麵筋，還有蛋餅切成小塊，辣蘿蔔丁脆又甜，很紅但不辣，魚醬蝦醬的味道非常重，提醒你這是南海邊。源自本地的石鍋拌飯辣到臉頰僵硬，小女生吃得頻頻叫好，我則頻頻擦淚醒鼻。

陽光至七點多才褪去，走出啤酒屋日頭還燄著，走回旅館，那個瓦脫先生失蹤一天，看到我們靦腆地笑，我們以爲他被炒魷魚了呢！夏夜苦短，如同苦竹，旋即天明，我跟小女生聊著聊著不覺天色發白。

被扭曲的李文烈

李文烈在現代韓國文學的地位有如陳映眞，思想嚴肅，文風剛烈，不同的是李是頑固的保守派，陳是頑固左派，李的作品雅俗共賞，陳的讀者是知識小衆。李作品可以嚴肅到大談宗教歷史、階級問題，可韓國讀者還是乖乖地把它讀懂，因爲他代表著某種文學高度。

李文烈的作品易讀不易懂，可能是這樣反而吸引讀者，在文學的朦朧地帶，你要故事的有故事，要深度的也有深度，以《我們扭曲的英雄》來說，它沒有深奧的文字，寫的就是來自城市的孩子到鄉下讀小學的故事：舊老師是威權式管教，縱容黑勢力老大哥當班長，他的統治方式完全是黑幫，養小嘍囉，靠手下輪流幫他作弊拿全班第一名，來自城市的高材生因鬥不過他，最後臣服在他手下，沒想到新老師來引發革命，展開互相告狀清算鬥爭運動，終於擊垮老大哥。作者以第一人稱敘述二十幾年前的往事，他認爲現實世界更黑，不禁緬懷起舊時代的老大哥，因爲是追憶，在寫實中多了一點現代色彩。

這篇小說扣準韓國的政局變化，尤其是李承晚、朴正熙的政治交替，一九六〇年代的四一九事件挖出韓國人的痛，李承晚以集體作票方式當選總統，不到一個月發生學生流血抗暴，李承晚下台，朴正熙上台，最近得東京影展最佳導演的《總統的理髮師》也是以此事件爲背景。

到底誰是扭曲的英雄？是老大哥？還是掀起革命的老師？也許都是，也許都不是，最扭曲的不是黑暗的政權，而是人心。人心可以載舟也可覆舟，擁戴老大哥的也是推翻老大哥的人，縱容黑勢力的人，最後相互倒戈，盲目的群衆才是幕後眞正的老大哥。被扭曲的還有作者自己，他因爲父親投奔北韓，而與「共匪」勢不兩立，緬懷舊時安定的年代，他可說是保守分子的精神領袖。

這眞是一個扭曲的年代，黨爭激烈，今日之是爲明日之非，倒黑以爲白，倒清以爲濁，價値顚倒，倫理失序；這也是文學蕭條的年代，青年的偶像由哲學大師轉爲文學大師到政治名嘴到走秀名模，昔日文藝青年明天成爲電子新貴，文學市場由「商業」作家鯨吞，連文學主編都要看商業作家臉色。此商業非專業，台灣根本養不起專業文學作家。

讀者的口味也是被扭曲的，所謂的讀者就像人心變化莫測，你給他們吃什麼他們就變成什麼，你給他們吃好的，告訴他們這個很營養非吃不可，他們也就有好品味。你要迎合他們，認定他們只會吃壞的，他們的品味只有越來越壞。

文學作品的理想越高遠越好，高遠到令讀者捧著它也感到驕傲飄飄然最好，縱使他也讀不太懂。李文烈的作品跟所有保守派一樣，被批評為父權、沙豬。但是大家在文學之前，還是會謙卑一點，眞的會謙卑一點。

我不是韓國迷，也不是韓國通，只想寫出在韓流中感到的荒謬與錯亂，韓國不是樣樣好，太父權尤其不好，但能讓李文烈這樣的作家受到大衆尊重，不是我們做得到的。

當台灣文學院的學生捧著大M美容書，大呼：「偶像！偶像！」

又說：「那些專出我們看不懂的文學書的出版社最好快點去死啦！」又當你讀到李文烈這個阿舅西（大叔）的書，竟然這麼暢銷，你不會當場吐血嗎？

千年之謎

車子一上山，就看到海了。遠近小島密布，籠罩著一層薄煙，烈日照射下，晶光四射，莫怪這裡被稱爲「光之國」，彷彿是神佛降臨的國度，海上有飄緲仙氣。

我問小女生：「那是什麼海？」她說東海，我說黃海，拿出地圖，結果是南海，緯度已到三十以下，感覺自己是飄浮體，半日之內從北方飄至南方。

我們的目標是康津古窯址，在十一、二世紀，這裡燒造號稱「天下第一」的高麗青瓷，古書上形容它的美「令人屏息」，從光州到康津約一個半小時車程，再坐半小時計程車，沿路茶山綿延，明亮的陽光使這裡的景色特別鮮豔，亮綠的樹林，亮藍的海水，亮紅的土地，屋頂的顏色亦是鮮亮的寶藍、蘋果綠、橘紅，在陽光充足之地，光譜多變，人們對顏色敏感，故燒照出顏色翠綠帶著蜜柑色的青瓷，上有白色鑲嵌花紋，源自貝殼鑲嵌技術帶來的靈感，這裡面土質、樹林、海水、陽光缺一不可，奇異的是曾經盛極一時的高麗青瓷，在元人的鐵蹄踏入之後，突然消失，後代再也難燒造出同樣美麗的青瓷。

於是高麗青瓷成爲後代陶藝家不斷追求的瓷色，近人海剛氏還原古瓷，近似度只有百分之六十，康津恢復燒造的青瓷，近似度也只有百分之七十。

彼時勝極爲何突然消失？我爲找尋這千年之謎來到康津。

抵達康津陶瓷博物館已近閉館時分，這裡收藏的完整青瓷不多，破片很多，對研究其成份更有幫助。高麗青瓷的鼎盛時期，約與北宋汝窯、鈞窯相當，但它較接近越窯與耀州窯，施釉較薄，無開片，越與耀州近翠色，高麗青瓷則是翡色，是綠中帶紅，很特別的顏色，令人一見難忘。

一流瓷器的燒造跟優良的陶工有關，跟窯址是否遭到破壞也有關，跟國勢強弱也有關，韓國人鬥志高昂，在國力強盛時拚出一等一的技藝那是極有可能的，宋室南遷，燒造瓷器的中心移往景德鎮，優良的陶工逃往南方，與高麗失去聯結，不要說高麗青瓷，連汝窯、鈞窯也已成爲絕響。窯址一旦被封，就難恢復，連復燒的南宋官窯也與北宋不同。

如今在康津復燒的青瓷，說眞的一般人很難欣賞，顏色灰灰的，胎土厚重，圖案又是千篇一律的仙鶴、牡丹。莫怪小女生說看得都快吐了，我覺得文化著重開創，十世紀時的高麗陶工在窯火中燒出青如天的瓷色，又在胎土上刻花，把白土塡入陰紋中，那是驚人的開創，然而後人一再沿襲那就是倒退了。南宋在汝、鈞之後有影青、甜白，後有青花、鬥彩，胎質細薄可照見指痕，瓷的文化一波勝一波，然走到清三代也就到底了，因爲戰亂又起，後來宮中的瓷器大多集中到台灣故宮，收藏之精可說是全世界之最，寶島寶眞多。現代人則只知有西方瓷器，所謂的東方陶瓷文化已渺不可知。

在瓷器文化上，中韓兩國確是同步的，日本落後久矣，直至十五世紀日人俘擄一群韓國陶工，才開創陶瓷高峰，異哉日本反成現代陶藝大國，令人感到錯亂至極。

高麗青瓷爲何消失，博物館的介紹員笑說：「因爲都是貴族的陪葬品，燒造特別講究，然後把祕密帶到地下去了。」

雖是這樣，我還是買了一對小茶杯，只因爲圈足底有「康津」二字，這個景色秀麗的南方山城，曾在某個時空攀上文化的最高點，然後墜落。

海上瓷路

一九七六年在韓國新安地區近海挖出十三世紀中國貿易沉船，上有近兩萬件瓷器，以龍泉窯青瓷爲主，也有青白瓷與吉州窯黑瓷，成爲中國「海上絲路」的有力證據，早在鄭和下西洋之前，一艘艘貿易船頻繁來往於亞非之間，尤其是環中國海，船上載出的主要是瓷器與絲織品，載回的則是香料、中東的鈷藍原料，用以燒造青花瓷，其他附帶的是珍禽異獸與珠寶。

船大多從寧波、福州出發，其時是最重要的國際貿易港口，也是瓷器與絲織品的集散地。然那還是單色釉的時代，彼時世界上最先進的瓷國是中國與韓國，領先西方千餘年。

表面上看來是以輸出爲主，實際上，它的重要意義之一，是中國青花瓷得以燒造成功，揚名天下，成爲搶手的貿易瓷，至今仍是瓷器之神品。它是以中東的蘇麻離青爲釉下彩料，它那如藍寶石一般的鈷藍，層次鮮明，有黑色之點狀結晶，也有飛揚暈散的效果，圖案亦是以中東的花草與瓜果紋爲多，這燒造之祕，並沒有傳到韓國，因爲顏料極其珍貴，我在韓國看到的青花瓷，原料不佳，青花顏色發黑，其燒造水準與同時期中國青花瓷，相差何只千里，就在這分水嶺上，韓國瓷器失去優勢，令人難以懷想在十一、二世紀燒造的高麗青瓷，其工藝號稱天下第一。

海上絲路也可說是海上瓷路，文化交融之路，明代中期蘇麻離青用罄，改用土產平等青，燒造出的顏色發灰，至此青花瓷漸走下坡，由五彩、鬥彩取而代之。

韓國的瓷藝在一艘艘中國貿易船來往之間，漸漸居於下風，日本更不用說，一直到十六世紀俘擄韓國陶工，才發展出瓷藝，最早的伊萬里窯也要到十七世紀。

明代的青花擄獲西方人的心，一艘艘貿易船從大西洋不遠千里而來，他們初初以爲中國瓷器是蛋殼做的，忒薄忒白，又如此堅硬，簡直不可思議，有一歐洲君王願以一團軍隊換一只青花瓷，爲了仿造青花，他們挖空心思，研發出「暈藍」，然糊成一團，工藝相去甚遠。

蘇麻離青花瓷已成絕響，它的燒造條件太嚴苛，航海、顏料、官土，創造靈感，陶工，畫工，缺一不可。

台灣人說這些幹麼？台灣在十三世紀還是文化蒙昧之島，據說中部有大肚王國，爲平埔族聚落，國王人稱「柯大王」，爲台灣第一個獨立國，地點就在我住的附近，惠來遺址附近即是，彼時還在陶器時代。

一九四九年前後，不計幾十百艘船，從中國出發，載出一船又一船古文物，在基隆上岸，其中瓷器精美且數量驚人，元明青花最是豐富，宋瓷更是舉世無雙，最後成爲故宮收藏，因此名列世界四大博物館。

天外飛來的寶藏，可台灣懂得欣賞的有幾人？

在日本、韓國茶道興盛，爭相收集古茶碗瓷器，一個古青瓷，古茶碗，折煞多少人的心？

故宮的收藏是世界級的，不應在本土化的前提下抹煞過去，以清代檔案展取代書畫古瓷展，眞有眼淺之譏。應成立對外的研究中心，提供教學與研究資訊，讓台灣成爲世界文物重鎮，並廣收日、韓、印、泰、中東文物，不再以漢文化爲中心思考，因爲早在漢唐，文化就是無國界的。

P A R T 4

南方又南

夜市仔

家住夜市邊，我可說是混夜市長大的迌迌仔，彼時那裡是鎮裡最繁華的地帶，在戲院、菜市場與三山國王廟之間，發展出一條小吃街，早上吃菜市場口的菜粽或杏仁茶油條；下午吃戲院口的煎粿與烤香腸，晚上再吃廟口的木瓜牛奶或花枝羹。青春期姐妹們都有發胖的煩惱，越煩惱吃越多哩。入夜後賣鱔魚麵的在我家對面的電線杆下擺攤，我們都圍過去看殺鱔魚，一把鑽子叉住魚頭接著劃開魚身，血腥極了，到現在我還是不敢吃鱔魚。接著是租在我家旁空地的牛雜湯開市了，一堆中年歐吉桑都夥過來，生意強強滾，賣到清晨，老闆就睡在桌上。母親開店門時看見總會嘀咕：「臭死了，成什麼體統！」我們家是不吃牛肉的，認爲牛是神聖的，那些賣牛雜吃牛雜的人母親厭惡至極，看在每個月的租金上勉強忍受。那時的母親正威風，生意作得鈔票數不完，哪把一個賣牛雜湯的放在眼裡？沒幾年他在我家旁蓋了一樣高的大樓，房子的外觀還抄襲我家，一樓滿滿是古董，小孩個個彈鋼琴，母親聽到琴聲又嘀咕：「賣牛雜湯的裝什麼斯文？以前不就是睡在人家門口的嗎？」鄉下人都以職業稱呼，不知其名姓，賣豆芽菜的是「豆菜仔」，賣胸罩的叫「bra 賈」，聽我媽講家鄉事常聽得一頭霧水：「今天豆菜仔來坐，講賣鉛片仔伊後生，就是bra賈，要跟火炭仔伊查某仔作親家，她就是夜市作美容的……」活了大半輩子，還不知鄰居姓什叫什，夠荒誕的。

現實上說明，賣什麼不重要，也沒什麼高下之分，能生存最重要，景氣淒涼後，一條街倒的有七八間，繁華區轉移後，連戲院都倒了，市場也關閉。母親藥房收起來還偷偷賣藥，夜市的生存哲學就是能賣一個就算一個，就是不能不賣。

我們家每個都是逛夜市高手，我弟五六歲就在廟口跟大人喊價搶購拍賣品，媽跟我們最愛逛布店，光看那些五顏六色的布料就開心得不得了，然後到水果攤上吃番茄蘸糖粉醬油膏，下港才有的吃法，老闆熟到遠遠的就準備起來，切的是不計本錢的多，吃時我們看人們，人們看我們，因爲姊姊與妹妹是漂亮得有名，末了買一束花回來插，畫上美麗的句點。姐妹們讀屏女時，總要到屏東夜市大吃一頓才回來，那裡有潮洲沒有的冰果室，墨綠色的包廂椅，是約會的好場所。我們還不懂什麼約會，只是來大吃大喝的，什麼蘇打冰淇淋、香焦船，價格貴死人，吃掉一個禮拜零用錢都不在乎，末了再吃它一個菜粽才告圓滿結束。

逛夜市除了吃，還得買些什麼吧！大學時愛漂亮，逛西門町十幾個小時，就爲買一件櫬衫或牛仔褲，爲怕胖，什麼都不敢吃，但也跟著吃金園排骨飯、三六九油豆腐細粉。還跟姊姊逛圓環連吃六七攤，可能是運動量大，吃不胖，腰圍一直是二十四。

結婚後又是住在市場邊，離遼寧夜市也近，那時嫌路邊攤髒，當母親之後成了嚴重的懷疑主義者，總覺得外面每樣東西都是髒的，病態的潔癖，就是無法抵抗那攤賣豬血糕或白苓糕的，自己買一串，不給兒子吃，他才兩三歲，怕吃了不乾淨，兒子痴痴地看我吃，然後說：「好想吃一口，口水都流出來了！」聽他誠摯的告白，這時才心軟讓他咬一口，兩人滿懷罪惡與快樂回家。

我們娘家都是糯米肚，只要是糯米做的食物完全無抵抗力，害喜時專愛吃米糕之類的食物，兒子口味完全像我，也是糯米肚，遺傳眞是奇妙。冬天我最愛做油飯與麻油雞，其他人不愛吃，我們母子一起效忠於我們的糯米肚，眞眞有意思。

到美國那一年，最想念的是豆漿與燒餅油條，有一次殺到波士頓中國市場，的確是琳瑯滿目，買到的燒餅冷冷的，厚如披薩，心中悵然若失，聽同伴說哈佛大學附近有道地的燒餅油條，恨不得殺過去，可惜團體行動，沒人附和。中國人到國外一定會想念中國食物，每個人想的不一樣，但大多是不起眼的路邊攤食物，如我妹最想的是滷肉飯，我姐最想牛肉麵，路邊攤把我們塑造成一種奇特的人，自由且自我的外食主義，口味奇刁。國外沒有我們這麼豐富的路邊攤文化，就連大陸、香港也比不上。我在西安一時好奇，吃他們的路邊攤，也不過寥寥幾攤，食材貧乏，一點也不誘人，不像我們的路邊攤大多集中在市場口，用料實在又新鮮。走了一回，挑了最有地方特色的羊肉泡饝，端來時，但見碗缺了一塊，上頭浮了厚厚一層油，吃來味道難說，回家後鬧肚子好幾天。唉！台灣肚就是這樣，挑！

前幾年住在東海別墅商圈，眞是又好吃又好買的好夜市，逛起來非三四個鐘頭不可，首先去試穿衣服，一件幾百，至多一兩千，然後到豆子吃紅豆芋圓湯，再買雞爪凍、豆干，走那條長長的夜市街，總會多買一兩雙鞋，幾個漂亮又便宜的耳環項鍊，要不包包，戰果輝煌，算起來也不過三兩千。

自從搬到百貨公司旁邊，這裡沒路邊攤，只有精品店，東西貴死人，剛開始只看不買，怪只怪那次SARS風波，沒人敢進百貨公司，只有我敢進，都沒人嘛，服務員都戴口罩，安全得很，百貨公司爲刺激買氣，祭出買千送百，也沒刻意，一走就走到LV，買了平生第一個新包包，而且還是限量，算起來打九折，不久調價，差不多是八折。這個包到現在都沒提過，太招搖了，我的東西只養自己的眼，讀書寫字累時拿出來排排坐，那滿足啊！大概是生病後，生活少歡愉，美麗的物品，如荒漠中的花朵，撫弄時也有安慰，所謂的物化異化也會讓人快樂，那位馬克斯先生想必是不同意的。

三兩年下來，戰利品驚人，人一旦用過精品，路邊攤的東西再也看不上眼，便宜的東西當然也有好的，但不經用，只能小買。夜市生活於我遂如遙遠的鄉愁，有次回到東海別墅，燈火輝煌中，車如流水馬如龍，我東轉西轉，不知要駐足哪一攤，一時竟不知身在何處。

黃皮膚白面具

我生長的五、六〇年代，除了黃梅調電影，好來塢電影席捲電影院，賣到站票無處可站，小孩只好爬到大人肩上，或擠在腳縫之間，不久，好萊塢文化入侵家庭，澡間的鉛桶變成澡盆，扮家家酒時，妹妹扮酒保，有馬丁尼、威士忌、白蘭地等酒單，還有咖啡，其時並無咖啡粉只有咖啡糖，拿幾塊在杯水中拚命攪開便是，我們都喝美援牛奶，穿美國人捐給教會的衣服，有一件直筒白細棉洋裝，穿了好幾年，捨不得丟，母親還給我們買了紗紗的睡衣，我們都愛唱《眞善美》，野餐時找來一竹籃，也要一塊紅白格子地毯，自製三明治，要把邊邊切去，做得有模有樣，鎭上第一家咖啡館開張，我們揹著書包帶著朝聖的心情前去，花昂貴的代價喝一杯不倫不類的咖啡，聆聽貝多芬交響樂。

接著是電唱機、電話、冰箱、沙發、鋼琴、電視……只要是時髦的西方的皆認爲是好的。

住在南部小鄉鎮，我們對農事一無所知，對鄉土一無認識，對好萊塢電影、西洋翻譯名著如數家珍。等到鄉土小說盛行，對其中描寫的場景又熟悉又陌生，不要以為住在鄉下就懂鄉土，他們有的更愛時髦。姨婆就說：「寫呷嘿土土俗俗古早的代誌，倒退流行，我卡嘸愛看！」

更可怕的是許多年輕人剛過弱冠就到亞美利加報到，我讀的學校百分之九十留美，姊姊妹妹都到美國去了，在那裡變成美國人，他們是被浪費的一代，不情願地戴上白面具，在那個競爭不平等的國度，大多數人有志難伸。

連張愛玲都受騙，還為美新處寫了幾本反共小說，以難民的身分進入新天堂，其實是新地獄。她所受到的岐視與屈辱令人難以想像。

法農的《黑皮膚白面具》坦率指出在西方人眼中，黑人不是人，同樣的在西方人眼中，黃種人是人嗎？在殖民者的眼中，台灣人是人嗎？

好萊塢電影中的蘇西黃，小眼睛小嘴巴，永遠穿著緊身旗袍，她愛她的白人老公。只看了幾部電影、小說，聽了幾首洋歌，後果這麼嚴重嗎？事實上是時代趨勢使然，在五、六〇年代，美國新聞處燒大把銀子，編印大量宣傳品，吸引第三世界國家優秀份子到美國去，建設出富裕先進的國家。美新處，多少知識分子視其爲美國夢代表，我能僥倖逃過，只因爲想寫作不能失去土地，然我的母語鄉音已流失大半，鄉土經驗已支離破碎，太多的雜質與異化，分裂了我們的心靈，在我不斷書寫家族史的同時也在淨化自己，只是那深切的孤獨感到底是屬於誰的？

更南

小鎮的氣息一貫昏昏沉沉，令人不辨時日。

每回歸鄉，恍如進入天方夜譚，新的馬路、建築物越來越多，麥當勞、屈臣氏、7-11什麼都有，這個南方小鎮看起來時髦摩登一些，有些事卻是不變的，這令人錯亂。譬如鄰居親故都老了，樣子卻沒改變多少，他們依然不通名姓，親戚曰「叔公」、「表哥」、「姨婆」，鄰居右邊的是賣眼鏡的，人稱「目鏡仔」，左邊是「中國時報經銷處」，從小鄉人叫他「中國時報」；對面老板賣農藥，店名「柏奇」，人皆以「柏奇仔」稱之，常來的客人有「豆菜仔」、「刻花仔」、「校長」、「飼鰻仔」，皆不知其名姓，但有店號職稱，在這裡名姓不重要，我只是「西藥房的第二查某仔」，母親說起最近鎮中小道消息：「你咁知，鉛片仔伊後生，要娶火炭仔伊查某仔，聽講是在夜市賣不拉甲的……」

「不拉甲？」我聽得滿頭霧水。

「就是胸罩啦，火炭仔是你小學同學，你忘記了？」

「才幾歲就嫁女兒？」

「你還以爲你還在讀小學，都可以作阿嬤了。」

回到故鄉，我的年齡永遠停滯在十七八歲，那天一個年紀相仿的鄰居來訪，我對她說：「歐巴桑，你坐！」那鄰居竟羞憤離去，家人則笑成一團。

小圓環那家燒冷冰，小時候店面冷清得很，冰又大碗，常吃不完，現在分量只得一半。坐在冰店裡的，都是年輕遊客，中年的自己看見十七八歲的自己，那正會吃的年紀，五顏六色，一點也不蒼白，雖然其時心境可能是蒼白，然回顧時那底色已然改變。

那永不變易永不老去的，到底是什麼？是回憶，你在某地只住到十八歲，你的回憶只停留在十八歲以前，無增無減，不生不滅。

在小巷口遇見五六歲的自己，還不會講國語，說著母語：「媽媽返來囉，你去叨位？哪會這呢久？」母親與父親吵架，逃回娘家，回來時手上提著畫有仙鶴的紫色包巾，她掏出牛伯伯口香糖塞在我手裡，眼眶紅腫，我彷彿知道一些什麼，口香糖捏得變形，母親隨時會逃走，這令我感到恐懼。

在田間小路遇見十六七歲的自己，騎著腳踏車去看山看水看荷蘭人的白木屋，沉浸在寧靜自得的世界，那時已能說標準的國語，而且是城裡的口音，「生命沒有意義，沒意義地邁向死亡。」每天說著連自己也不懂的話，友好以外省學生居多，有時被誤認為外省人，心中竊喜不已。

然後是離鄉，到處遷徙，中間缺了一大片記憶，之後沉入汪洋大海，三十年間以為做了很多事，在這裡完全失去意義，你能留下多少回憶，那才是實質的擁有。

在戲院門口遇見小學同學M與K，M說：「來我家玩好嗎，我好寂寞，我媽不讓我出去，在這裡我一個朋友也沒有。」M一次也沒來過我家，都是我去她家，還特地穿蓬蓬裙，才能與她華貴的家相配，看到我笑得很開心，她不是五年級移民中美洲了，還戀戀於故里？聽說中學已有男朋友，應該不寂寞了吧！

K說：「我們來比賽踢毽子，我踢得很快哦！」她踢毽子像跳舞，拚命似的。K死於十八歲，小學中學的記憶跟她特別密切，人不是活在這世界上，而是活在別人的記憶中。

M說：「如果我已忘記這裡，請你替我記著。」K說：「生命好短促，開心一點吻。」

朋友啊！我多麼想念你，你們從不逃離我的記憶。

懶散的理由

這輩子註冊從未一次辦成，不是忘了照片身分證就是什麼文件，下意識用這種方法抗拒學校團體生活，到現在當老師了，開學前還是十分焦慮，團體生活需要集中管理，於是衍生出許多規定、法條、惡勢力。對於需要大量獨處與自由的人簡直是酷刑。

尤其是體育課，肌肉發達的老師很快就從群體中揪出最膽小最無運動細胞的學生，那通常是我，老師在示範土風舞時把我拉來扯去，看到我一臉驚惶，用力把我摔倒在地；在游泳池畔，許多人畏縮不敢跳水，老師用竹竿把我打下去；跳高時要我跳第一個，我衝過去沒跳過，手抓著竹竿往前衝。羞忿得恨不得死掉！

還有課業競爭，如果在前幾名還屬良性競爭，最怕是後幾名，老師按分數發考卷，還發出自以爲幽默的譏評。成績相等的才能作朋友，通車生只能跟通車生作朋友，從火車站到學校走路要排隊，脫隊的罰站在校門口；頭髮左分右梳，我偏要中分，老被教官找去訓話，集合，成幾列縱隊、解散……怪不得有些人要把孩子送到森林小學。

把學校安在一座森林是個好主義，森林讓我們回到原始狀態，長期與大自然相處，讓人學習謙卑與尊重生命。從小我在家鄉的原始森林找到自己內心的聲音，中學的校園前身是植物園，最愛是清晨，踩著朝露，去看菟絲花的日日變化；現在我與一大片相思林同住，生命的動線逐樹林而居。我在其中優游自在，雖然常常犯規，且被認爲不合群。

住在森林裡就有懶散的理由，穿拖鞋的理由，散步的理由，不合群的理由。

我喜歡一個人散步，一個人吃飯，一個人逛街，一個人看電影。

有一次去看晚場電影，在電梯遇到女同事結伴來看電影，她說：「你一個人看電影？」好像我很奇怪似的。

女人獨行就那麼奇怪？女人吃飯要伴，逛街要伴，連上廁所也要伴，還一面上一面對話。

女人有伴拉著伴，有牆壁靠牆壁，沒牆壁靠車牌，沒車牌靠電線杆。

我是早早地痛恨團體生活，早早地享受獨處的樂趣，不斷跟自己內在對話。

上完一周四天課，一個人躲三天。這三天不許閒人靠近。

連母親節也是一個人在百貨公司吃飯，坐在對面一個老女人總有八十歲了，臉上畫好濃的粧，身體傴僂，拐杖放在一旁，自在地享受她的大餐。我在看她，她也看我，三十年後的我也會像她，就算走不動了，也要拄著拐杖一步步走向一個乾淨明亮的地方，安安靜靜一個人吃一頓好的。她在我身上也在尋找孤獨的標記吧！

黑夜童心

我相信童心有天眞無邪的一面，也有黑暗邪惡的一面。

有時不敢回顧童年的灰暗地帶，那心常在憂懼之中，怕黑怕鬼怕考試怕老師怕陌生人，人與人的爭吵令我發抖，瘋子也可怕，打雷更可怕，不知道爲什麼那麼多懼怕，連呼吸都覺得痛苦，不需要有什麼事發生，也許孩童最懂得存在本質的痛苦，無聊且無意義地存活，只是他們不會訴說。

我常跟一群同伴漫無目的地在田野中遊走，假裝在尋找什麼，有時找到一些野生果子，興奮地像挖到寶，有時是一枚汽水瓶蓋，有時是一段通心草，有時運氣好撿到一顆玻璃珠，稀奇地爭睹，最後的儀式，是把所有東西埋成一個塚，然後再一起搗毀。

操場那頭有許多被吊死的貓，我們遠遠朝著它們丟石頭，不敢走近。

孩子尋找朋友是最勢利的，漂亮的找漂亮的，有錢的找有錢的，成績好的只跟成績好的一掛。老師制定連坐法，成績好的跟成績差的坐在一起，義務替他們補習，如對方考不好，成績好的要挨鞭子。於是就有種種報復行爲，有一個手臂都是金毛的小女生，每學期都是最後一名，幾乎每個人都去拔她的臂毛，她趴在桌上哭，幾個人還圍著她拚命拔。

跟我坐在一起的女生長得很醜，臉上老掛著痴呆的神情，怎麼教都沒反應，害我常被老師打，有一天她的手掌被鐵釘插進，包著紗布的手腫得像一個香瓜，常聽見她在課堂中呻吟，我覺得厭煩極了，希望她馬上消失。

過沒多久，女孩破傷風誤診，竟然死了，老師在課堂上宣布這消息，還有人在嬉笑打鬧，童心最無情。

她眞的消失了，我身邊的位置懸空，她的靈魂似乎還在我身邊飄蕩，老師再也找不到打我的理由，但我覺得罪孽深重，她死於我的詛咒，我是殺人凶手。

同學的錢被偷，老師爲了找出小偷，說他有讀心術，一個一個看我們的臉，檢查神色，看到我時，我全身盜汗，臉上露出驚慌之色，眞的以爲自己是小偷，老師嚴峻的臉色看來已將我定罪。

明明不是我，爲什麼嚇成那樣，因爲小孩多少做過一些錯事，心虛得很，又太害怕老師。後來老師並沒揪出我，也許其他的小孩跟我差不多，也以爲自己就是小偷。

被別人嚇死也被自己嚇死，人是嚇大的，何歡樂之有？

童年不是那麼値得留戀，爲何常有人說童年是美麗的無憂無慮的？

上學對小孩絕對是夢魔，我贊成取消學校。

只有少數的時刻，在孤獨的怔忡中，心靜得聽見風聲雨聲花落聲，生命美得想哭，而那也不屬童心，而是天心。

誰說人要常保童心？應是常保天心。

煙燻藍

至今仍然形容不出那顏色，是有點髒髒的天藍，七〇年代流行的〇〇七硬殼旅行箱，搭配一個歌星提的化妝箱，令人羞赧的箱子，一看即知是新婚呆子，後來才知那顏色叫煙燻藍。

母親送我的寶貝都在其中了，裡面有一個六角形珠寶錦盒，一個白色珠珠晚宴包，一對綴著珠花的象牙白手套，是母親結婚時在委託行買來，至今已有五十幾年歷史，四角各塞一個龍銀，這個寶裡寶氣的化妝箱，裝載著母親的大氣與愛意。

珠寶盒裡，最耀眼的是一套古董珍珠套飾，十八白K金打造成蔓草葡萄藤，一葉包覆著一顆珍珠，最下方垂著水滴形珍珠，鑲著小鑽，繞在額頭上也很好看，戒指成纍纍葡萄狀，綴滿小珍珠，手鍊則是多串葡萄相連。很典雅的一套首飾，手工難得。另有一套類似設計的蛋白石套飾，是妹妹的嫁妝之一。母親的珠寶品味不弱，她不買黃金或鑽石，只買殊色的稀有寶石，一買就是整套。

戒指算算近十個，記得有青金石、紅藍寶石，還有一顆黃K天然珍珠。戒圍很大，是我最喜歡的一個，自然成形的大珠子很耐看，母親的手掌肥滿，還有肉渦，張開來就像命相館掛的那個手掌圖，福相。有人說這種手掌捲起來像艘珠寶船，是生來穿金戴銀的，我遺傳母親的掌形，卻是漏財手。我自己也很會買珠寶，亂買一通，不成系統，沒學到母親的大氣。

另一個琺瑯鑲銀翠玉胸針，也是古董，翠玉雕成荷葉蓮蓬，蓮蓬還有多個小洞，寫實得很，想是前清那個貴族的心愛之物。

以前母親買珠寶送我，現在我買珠寶送母親，年輕時錢不多，買塊方形茶晶足足有橡皮擦那般大，母親很快地做成戒指，正是LV今年設計的款式，她提早十幾年流行過了。她戴大件珠寶很好看，幾件貼身珠寶都很大顆，貓眼石與不知何名目水綠寶石，如薄荷糖一般誘人，是我們小時候最喜歡的玩具。她常說：「看到寶石美麗的顏色，什麼煩惱都忘光了。」

這兩年送她一個紅寶戒指，她愛之如命，常拿在手中痴看，可惜因退化性關節炎，手指嚴重變形，再也戴不下了。

所以送珠寶要趁早，晚了戴不下，也沒那麼開心了。

盡情低俗

一個知識分子有沒有低俗的權利？長期的智性工作，他可以對形而上形而下層層剖析，可以對政局世道沙盤推演，就是無法放鬆。講究格調的結果是跟現實脫節。連休閒也講究格調，會計師學畫畫，律師學彈鋼琴，電腦主管學聲樂，銀行經理鑽入地質學，教授作木工。一切終歸遠離塵俗，一切要求深度。

我是從小把風雅的事都做過了一些，讀詩讀小說，學書法、畫水彩，彈一點鋼琴，唱一點聲樂，假日到教堂作禮拜，渴求聖靈降臨，或到郊外捕蝴蝶、研究草木蟲魚，捕完了，坐在草地上野餐，開演唱會，姨媽唱女中音，表弟男高音，我唱女高音，好不風雅。但我知道我有不風雅的地方，而且有一點低俗，我會穿金戴玉學唱歌仔戲，或打扮得妖裡妖氣跳扭扭，只要是金金亮亮的東西我都喜歡，釘有亮片珠珠的衣服、假首飾眞珠寶，愛名牌，三四吋高的金縷鞋，薄如輕煙的霓裳羽衣，打扮得像電影明星，成爲阿姨眼中愛慕虛榮的浮華女子。阿姨的生活充滿聖潔的光輝，她愛文學音樂，穿著樸素，週末她當義工，教外籍新娘學中文，大熱天給貧戶送點心送溫情，快七十了還在學聲樂攻學位，她眞是高雅，也是我的良心。

而我曾在約會時穿桃紅錦緞旗袍，脖子手腕上戴手指頭粗的金項鍊金鐲子，手提五彩珠包，眞是聳到經典。我在低俗中解放自己，欲望多以低俗的形態出現，如色情，如名牌物品，它以本能的挑逗爲主，掙脫理性的束縛。我可以理解傳科流連於同志酒吧三溫暖，低俗可帶來絕對的反叛。

那些跳鋼管的女郎，猛男秀，金錢豹的熱舞，水電工的色情幻想，電子花車，檳榔西施，是低俗文化，可也是人性的另一種表現。我皆可以欣賞可以接受，容許自己有那麼一點低俗。

文學藝術創作中，低俗的層面是重要因素，《水滸傳》的誨盜，《金瓶梅》的誨淫，都很聳，也很眞實。

寫作之最惡

文章乍寫完，常是忐忑不安，甚且是後悔的。

在現實中我並沒那麼勇敢，說話也算克制，做事雖衝動，太超過的事也不是常常，所有的不過是過度壓抑之後的爆烈。

但在寫稿時，我彷彿活在一個人的世界，我就是別人，別人就是我，又不擅歌頌，只會揭露黑暗，因此弄得衆叛親離，搞得自己痛苦不堪，我像小孩一樣幼稚，做錯事還自以爲有隱形術，別人看不見，幾番自我告誡，一提起筆來又重蹈錯誤，這是不是也算自虐狂？

我的家人都不喜歡被寫，向我抗議過的上自父親、姊姊，下至弟弟妹妹，我弟揚言要砸我的房子，爸爸則半夜來電語帶酸楚地拜託我不要再寫了。

我抱著棉被哭，一連作幾天惡夢，要我不寫等於要我的命。完了！我大概會下地獄，而且是最下層，緣於寫作之最惡。

因此，我對那些擁戴支持寫作的家人特別好奇，有些作家寫丈夫或妻子，又寫父母寫孩子，還成爲暢銷書，他們的家人不但覺得光榮，頒獎或演講時，他們坐在下面驕傲地聆聽，接著熱烈鼓掌，我覺得驚異極了，這樣的幸福我從來沒有擁有過。

另有些作家謹守隱惡揚善的美德，爲此隱藏身世多年，我也覺得不可思議，眞可以成聖成佛，但我總覺得事實眞相顯露那一刻，最是震動人心。

事實本身是中立的，無善無惡，然寫的讀的人妄加定義，便產生褒貶來，這些是後加也是多餘的。

我也曾經被寫過，老實說感覺也是很窩囊，但能怎樣？一報還一報，也只有阿Q地自我催眠，不是寫我吧？寫他自己吧？就算寫我別人也讀不出來吧？別人讀出來也不會來問我吧？來問我也不必承認是我吧？或者乾脆連書店都不去，以免看到那本書，不幸看到就把封面的作者照片撕了。

在這裡向不幸被我寫過的人深深致歉。

這麼多年來，寫最多也寫最負面的是母親，我從不送書給她，也希望她不要看，前不久她打電話來，說她去金石堂，說的還是國語，我立刻很緊張：

「你怎麼去金石堂？你又走不動？」

「別人載我去，把我抱上樓去。」

「拜託不要再去，你去幹麼呢？」

「買你的《女色》啊！」

「唉唷！是《汝色》啦！」糟了！風暴又來了，我不免小心翼翼。

「你生我的氣嗎？把你寫成……」

「沒有，我才知道你過得多辛苦，多可憐！我真嘸甘……」

接下來話說不下了，我早已哭得快斷氣，那是罪犯被原諒的激動。

姑婆民國史

依以前的標準，幾個姑婆都嫁得好，所謂好是指門第好，受人敬重疼愛，有無錢勢還在其次。她們都是民國前後出生，在她們身上可以看到另一種女性史。

大姑婆長得富態，嫁的是富商，家宅前身是酒家，仿巴洛可建築，到處是五彩玻璃窗，迴旋樓梯，地上牆上貼著古雅的花磚，表妹學舞時，從外地請來老師當家教，妹妹也跟著學，我貼著冰涼的花磚樓梯痴望著小公主們跳芭蕾，五彩玻璃建築像大教堂，望出去的天空都是彩虹，人世繁華就是如此吧！

姑婆的兒子歷任縣長、部會首長，表妹在電視主持節目，在我眼中是最勢利的人種，富貴中總會帶著腐敗因子。

也有不被富貴腐蝕的，幾個姑婆都嫁在老家附近，年節時的禮數多得令人錯亂，彼此來往頻繁，光是壓歲錢一人就幾十份。二姑婆、四姑婆是我喜歡的，二姑婆長得端正，腮邊一顆美人痣，她嫁的是鎮長，後來成為立委夫人，生活卻十分樸實，書香世家，家中擺飾如平常人家，穿著尤其樸素，臉上從無胭脂水粉，小時候我還以為他家很窮，丈公是無業遊民，因他常在家，家裡就是辦公室，幾個叔叔都很會念書，算是第一代留美學人；四姑婆長得嬌滴滴，嗓中有金幣響，那是《大亨小傳》中的黛西了！她跟丈公愛情長跑好幾年，夫妻到老還十分恩愛，恩愛夫妻生出來的孩子特別美麗，不是普通的美，是會放電的俊男美女，他們家總是充滿笑聲，可以感覺姑婆是那個家的靈魂，雖然丈公只是開藥房的藥劑師，但他談吐風趣，儀表堂堂，還是鎮上第一個騎自由車的風騷人物，家族聚會大多由他一手包辦，是最佳主持人。

聽說姑婆中最美的是三姑婆，嫁的是大地主，可惜早早亡故，從未見過，直到初見十八歲的小姑姑，她如天仙般佇立在我家門口時，整個街坊鄰居都跑出來看，聽說她長得最像三姑婆，這也是愛與美的創作，姑婆想必是備受寵愛的，那美啊令人想哭。

五姑婆是剛烈的美，不婚的新女性，也是很會打扮裁衣的香奈兒夫人。

可以想像我們的家族聚會多熱鬧，多精彩，我的自閉便是這樣造成，永遠不夠美，永遠在比較，因此退縮到無爭的心靈世界中。

繁華富貴如一場煙火，燦爛之後的黑暗更黑，四姑婆死後，丈公意志消沉，無心再辦什麼家族聚會，衆人也就風流雲散。只有二丈公，年已八十幾，在二姑婆死後，拄著拐杖，以移行的速度，每天不間斷走到我家，和祖父相對看半天。這些對姑婆癡心至死的丈公，我現在才恍然了悟。

這次妹妹歸鄉，九十歲的四丈公拿著姑婆的照片對妹妹說：「我眞是愛你們的四姑婆，到哪裡都帶著她的照片，看到好風景，讓她也看看，對她說：『我帶你出來遊山玩水，你嘸歡喜沒？』」

原來九十歲的愛情跟十九歲的一樣幼稚，我確定我到九十也一樣幼稚，這是我的本性，也是人的本性。

我不羨慕姑婆，她們那時代女人追求的好命跟我們不同，但我是如此深深想念她們。

前塵哪往事，你到底歸盡於何處？

嘆十聲

煙花那女子　嘆罷那第一聲　思想起奴終身　靠呀靠何人
爹娘生下了奴　就沒有照管　爲只爲　家貧寒　才賣那小奴身
伊呀呀得兒喂　我說給誰來聽　爲只爲　家貧寒　才賣那小奴身

七十五歲才從海外歸國的叔叔，在宴席上唱這首半個多世紀前的老歌，我的心爲之盪漾。童顏鶴髮的他長相酷似叔公，這是我們第一次見面。

他從小受日本教育，父親又是日本地方官員，一種沒落貴族的氣質在海外流浪四十多年仍未消失，他愛音樂、電影，又是台大早期留學生，因痛恨國民黨，參加反對運動，被列入黑名單，後在美國大學教書，孩子都在那裡成家立業，嬸嬸過世之後，他選擇一個人回鄉養老，孤獨一人住在老家那棟古厝裡。小時候年節時，我常被指派送節禮到各叔公、姑婆家祝賀，六個姑婆、五個叔公，總要在鎮裡跑大半天，學會如何與長輩應對。我最喜歡二叔公的家，寬闊、簡樸、古雅，磨石子地擦得銀亮，叔公長得像仙人，拄著拐杖走在路上，人人讓路。奉上的節禮通常有回禮，白米或糕餅，放進空盤中，我也有賞錢或糖果可拿，好像還被摸了頭，讚美幾句，古老人情之美至今仍深印在腦海。

國民黨來台之後，叔公作了兩任鎮長，幾任立委，沒遭到政治迫害，但叔叔說他們年輕時，知識分子大多是左派，台灣是左派的地獄，所以註定了被流放的命運。

回國出關時，大批記者湧來，他以爲自己成了通緝要犯，嚇得不敢出關，後來才搞清楚，原來他與某韓星同機，他們不是針對他而來。一種時空錯亂突梯，我見到他時代的陰影與孤獨。

「我們那時代的人，身上背負著三種文化，日本的，中國的，美國的，殖民地人民的悲哀就是分裂再分裂。」

怪不得他能用標準國語唱「嘆十聲」，幾十年前的電影主題曲歌詞依然記得清清楚楚，他說這些電影與歌詞，同情弱勢與低下階層，這是左派的精神，他以爲好的文藝應當如此。

我有點愧對眼前的白髮老人，老一輩的理想沒能傳承下來，我是只知愛自己的搖擺分子，有的時候激進、同情弱勢，過的卻是雅痞的生活，把品味視爲一切。

如果像叔叔這樣的人多一點留在台灣，很早的我就是小左派；如果台灣多一點左派，作家就不會出賣靈魂，我們可以有更多的呂赫若、楊逵，而不是一個又一個的品味家、自戀自賞家。

文學還是左翼的好，許多人這麼說。

可左翼國家容不得異議作家，這是文學的兩難。

因此好作家應是自我流放，往沒人敢去的無間地獄走。

煙花那女子　嘆罷那第三聲　思想起何處有　知呀知心人
天涯漂泊　受盡了欺凌　有誰見　我逢人笑　暗地裡抹淚痕
伊呀呀得兒喂　我說給誰來聽　有誰見　我逢人笑　暗地裡抹淚痕

叔叔唱完這首歌，宴席已近尾聲，「有空來聽我講古。」臨行前他丟下這一句，我覺得他有許多話想對我說，來得及嗎？能拯救我早已朽壞的靈魂於萬一嗎？我目送他的背影，眞的跟叔公一模一樣。遺傳與歷史這東西，神祕而可怕，思之令人淚下！

南方又南

在台中住近三十年，還是不慣大肚山之風，每年恍如初臨。這裡高度雖不高，因緊鄰海口，每到風起，草木狂舞，連圍巾都要飛上天，髮型呈瘋子狀，溫度也要比市區冷個兩三度，窗戶喀隆搖不停，人在屋內也冷得哆嗦。

但不起風的時候，中部的冬天暖陽我以爲是最舒服的天氣，二十度左右，不溼不冷，陽光美如金。我到過的國家二三十，北美是最淒慘的，積雪半人高，簡直住在冰箱裡，暴風雪來臨更令人恐慌。日本太乾，容易生凍瘡；大陸北方，雪不大卻冷得關節痛；中東乾熱，皮膚容易變差；地中海，我覺得會晒成摩爾人。我們在溼熱的海島氣候住慣了，最不能忍受乾冷，倫敦的冬天就好像大度山，溫度在五到十，不下雪，常飄小雨，因地處海口，風勢淩厲如刀，刮一下就快要得肺炎，但溼度高，我們較能忍受，對皮膚尤其好。

倫敦的冬天早晨陰黑如初夜，中午太陽虛晃一下，三點又天黑了，這種天氣最好待在家裡喝熱茶鈎毛線，或三兩個朋友高談闊論，或乾脆看完一整本小說，因爲天氣太陰冷，一切都該靜止。這跟台灣寒流來襲時很像，然更像大度山之冬，每到此時常想到英倫一月天。

天色是橄欖灰，樹木彷彿也凍僵了直立不動，馬路成乾燥的冷灰，空氣中有冰涼的水氣，風迎面吹來，直要淚下，這時骨頭發疼，頭腦卻是冷靜如湖上之冰，有種被淨化的感覺。如果台灣的冬天長一點，也許會多出幾個哲學家，寒帶人種長期待在室內，擅於苦思冥想，故而知止知靜；熱帶人較浮躁善變，整天趴趴走，要靠打坐才能清涼，可誰坐得住呢？

懷想北歐人的生活，冰湖比陸地多，草木比人多，在陽光更稀有的地帶，白晝短如夢，夜長宜秉燭，冷讓一切澄靜，生活步調更慢，可以一整天只做好一隻杯子，一個銀飾，做出的東西冰清玉潔，簡無可簡，像凍結的時空。

那種地方，我絕無法生存，什麼樣的氣候造就什麼樣的人，所謂北人強悍，大概是惡劣的氣候磨練出來的，地景一律是白水黑山，無變化則專一，專一則剛強；至於南人柔婉靈活，跟氣候溫和，景觀多變有關，杏花煙雨，鶯飛草長，文風當然也宛妙多姿。大陸的文學京派簡靜，陝派粗豪，我們都不太能欣賞，只愛海派，張愛玲、王安憶不就是海派？

台灣是所謂的南方又南，也是南島語系人種，更熱情更宛妙，但也夾有外來因子，不那麼純淨。不純淨就是複雜，我們擅長把簡單的事弄得很複雜，一句話百種解釋，一道菜手續繁多，一個故事也寫得寶塔層層，眞是耐煩得很。

有時不耐煩，就想往北國跑，我覺得秋冬住台灣，春夏到北方，最幸福不過，心靈有制衡之妙，美學上也會省淨許多，南人北往，北人南來，南來北往，流動的人是較完整的人。

想歸想，眼前這道寒流，冷峻如英倫，尚不知如何度過呢。

紫蓮之歌

清一色是母親帶小孩的親子團，其中有一個小孩是腦性痲痺，幾個小朋友都是六、七歲，很快就玩成一團，安排的行程都是兒童樂園、動物園，水上樂園，天氣炎熱，孩子都泡在水裡，我坐在樹下讀我的《戀人絮語》，紫色的蓮花池，像飄浮的夢，粉紅色的雞蛋令人想到天女之花雨，空氣中有蒸熱的水氣，這裡是南洋海濱，太陽實在太大，我把書遮在臉上昏昏然睡去，到南國就有一點慵懶一點鬱悶。

那個夏天，我還是賢良的家庭主婦，想起來不可思議，我張羅孩子的吃食衣裝，幫他洗澡，不准這不准那，每晚孩子都會從他的床擠到我身邊，我們在香花香樹下追逐，在硃砂紅的彩霞下游泳，孩子那麼可愛天眞，完完全全信靠母親，我們都曾那樣依戀母親嗎？誰能夠想到有一天成爲陌路？就像那花與樹，看起來一體，有一天終將分離，天堂啊！我曾一度看見，然又迷失。

年輕的母親有一點點危險，她有一個小情人般的孩子，可她的心有時飛得很遠很遠。

從新加坡搭船到印尼，中途下大雨，登陸之後困在一遊樂園中，又是遊樂園，我們都想打瞌睡了。這裡的居民年收入不滿千元美金，只有對岸新加坡的二十分之一，一海之隔，天懸地殊。一場大雨淹沒街道，房子只是幾張木板搭起來，裡面洞然無物，要搶救的只是幾個鍋碗，人們面無表情，好像是天天上演的戲碼，一場豪雨讓一切回到天地玄黃，宇宙洪荒，這荒瘠的土地充滿原始的氣息，熱帶雨林中還有獵頭族的遺蹟。木雕鬼面獠牙，女人裸身騎在男人身上，陽具朝天。

文明與野蠻有分界嗎？可能只是一表一裡，人們在都市裡追求時髦衣裝，住大廈上網路，內心還是飲食男女，鬼面獠牙，人只有變化，並無進化。或者只有變臉變身，也並無變化。

只有寺廟是萬古不變的，人們赤足撲倒在地，摩頂放踵，而神的面目總是低眉下心，像憂戚的母親。

這紫蓮花的國度，彷彿有神靈與天堂在焉，然又如煉獄般嚴酷，天氣一日數變，熱得如在油鍋。

跨國企業在這裡大蓋香水工廠，這裡的香料與香花皆化爲一瓶瓶名牌香水，莫怪乎樹林日減，水患頻仍。我一向不擦香水，也買了一瓶「毒藥」，產地價格奇廉，香水工廠圖牟暴利，沒想到要付出加倍的代價。

相隔幾年，我昏倒在泰國的鳥園中，紅白鸚鵡大如鷹鷲，奇異的國度讓我想到煉獄，叛逃家庭的母親，想念兒子，如一樹枯枝想念紅粉落花，心想永遠不要再踏上南亞土地。

再幾年，南亞海嘯那晚，我睡在英國旅店，電視不斷播放災難消息，那悲傷的海岸線已成墨綠，南國的憂鬱再度將我吞沒。

紫蓮之國啊！你的土地如此芳香，宛如天堂，歌聲卻如此悲淒！

前進泰國

至今我仍不了解，五年前我爲何在泰國的鸚鵡園中昏倒崩潰。

如果這世界上有我最不想去的國家，就是泰國。

朋友說泰國是會令人精神錯亂的國家，另一個極喜歡泰國的朋友說那是把性當休閒運動的國度，人們一面表演性一面跟台下的觀衆閒話家常，好家常的性，令人頭腦健康。她還說不喜歡去高級的西方，那裡有一大堆假惺惺的白人。

「走東南亞路線哦！」我們彼此取笑。

這麼多年來我逃避去東南亞，因爲我怕看見貧窮、落後、髒污，或者說，我怕在那裡遇見四十年前的台灣南部鄉下。

眞正踏進泰國，覺得跟台灣太不像了，首先是寺廟的建築，那只能說是泰國式，豔麗的金與紅，遠看華麗，近看粗糙，佛像的法相大多是凹陷的五官，厚嘴唇，那也是泰國式的，廣大的廟園幾個穿紅袈裟的和尚或坐或散步，他們的臉像面具一樣。沒有風的午後，高溫接近四十，躲到沒地方躲，一切景物在蒸騰，時間彷彿靜止了，我不斷揮著手上的旅遊說明，全身汗濕了，有人買來一整簍紅毛丹，我吃著吃著感到濃濃的憂鬱。

一個受創的人，或正在感冒的人是不適合到泰國度假的，第一天住宿在豪華的旅店，與我同行的妹妹爲讓我開心，幫我在腳指甲上擦豔紅指甲油，擦完她呼呼睡著，我在那令人錯亂的國度不能成寐，我的心深陷在泥沼中，還勉強撐著。

第二天逛動物園，看海豚表演時，全身盜汗，直至眼睛無水分睜不開，場中的小販兜售灑著香水的冰毛巾，妹妹買了兩條，遞給我一條，我擦了擦額頭，一絲涼意也無，濃香熏人欲吐，我快不行了，不行了！走在一大堆五色鮮豔的鸚鵡中，情緒盪到無法控制，一路飆下十八層地獄。一對化濃妝的豔裝男女舞者，臉上的色彩因汗濕而糊了，擦身而過時，流汗的手臂輕觸我一下，白日遇見鬼魅，我抓著爸爸說：「救救我！帶我回家！」然後就昏倒了，進醫院急救，醫生說這是南洋常見的熱虛脫及乾眼症，那是流汗過多引起的脫水症，而那是四月，乾而熱的季節。

從此我對南洋有著強烈的恐懼，連對旅行也失去興趣，看南洋的眼光是極憂鬱的，一般對南洋人的印象是悠閒、樂天、慵懶，我覺得氣候的因素極大，在高溫的環境中，爲避免過度流汗脫水，只有少動或不動，躲在陰涼的樹下最好不過。高溫是無法征服之煉獄，所有天國的想像因此產生。天國必定是清涼之地，絕對的炎熱才會渴求絕對的清涼，清涼即菩提。

我曾經是耐熱耐晒的人，生長在台灣南端，當烈日曬得柏油路融化，我的腳印深陷麵皮般的路面，兩頰灼熱，體內有一股火亂竄，汗已流到無知覺，仍四處奔走，爲何不斷奔走？晒得黑團團像鬼魅一般？想掙脫那苦悶的植滿木瓜樹小鎮，想被愛而寂寞得快發狂，陽光越烈，心越瘋狂，高溫意謂著奔逃，意謂著孤絕，每個人鎖在自己鍋爐般的小煉獄，我是如何害怕自己的故鄉，而並不自知。

想要征服這酷熱這孤絕這瘋狂，不久，我將再度踏上那高溫中的土地，那無處不矗立著神佛的王國，再回到大鸚鵡園，盡量不讓自己昏倒，也許我將不再那麼害怕碰見另一個自己。

未竟的旅程

我在泰國昏倒緊急被送回台灣，妹妹繼續未竟的旅程，她看了猛男秀、人妖秀，並狂買泰絲，在芭達雅海灘椰林下乘涼，讓俊男擦指甲油，我們的導遊帶到這衰尾團，自己也快垮了，遂自暴自棄取消許多行程，大多數時間把整團丟在旅館裡，之後妹妹跟她吵了一架，說爲什麼不帶他們去逛街，後來兩人言歸於好。回來後她說：「泰國蠻好玩的，下次再一起去。」說著送我一疋橘色泰絲，我看了差點吐出來。

我連穿到泰國的所有衣服連鞋子都丟棄了。

妹妹跟我這麼親，爲何對我的痛苦一點感知也沒有？是她太遲鈍，還是我太軟弱？當初堅決主張去泰國的就是她，我的抗議都被她否決了。

有時我也試著站在妹妹的立場理解她，一個有夫有子的職業婦女，沒有自己的休間，更不用提一個人出國遊玩，她為減輕罪惡感，只好帶著公公、爸爸、姊姊一起出國，連同事也一起跟來，她好不容易掙脫牢籠，泰國對她來說是親切的，人們看來和善熱情，氣候熱一點，但色彩豐富，景觀接近我們對南洋的想像，黑皮膚的土著，繁複神祕的宗教雕刻，便宜的物價，椰子當水喝，一件衣服五十元台幣，雌雄莫辨的人妖，六星級度假村，椰林與湛藍海水……那個我永遠也走不完的炎熱路徑。

我似乎透過妹妹走完那未竟的旅程，或者我也看見了那未曾看見的旅境，越往南走，天氣越熱，樹林也越濃密，天上一絲雲彩也無，天藍得發白，正午時分，路上幾乎沒有行人，只有農夫戴著大斗笠在樹下納涼，偶有一兩個年輕人騎機車呼嘯而過，蒸熱的空氣揚起一陣沙塵，高大的椰子樹上爬著許多採椰工人，海邊渡假村一間比一間豪華，白人穿著色彩鮮豔的泳裝戲水衝浪，入夜的海灘像在開派對，烤肉、雞尾酒，連保守的妹妹也穿上灑金蔥的沙龍，天邊火燒一般的晚霞還未褪去，人們不斷衝向海邊，彷彿衝向夕陽。隨著浪頭捲來，人們又急退回岸上。一直到清晨都有人流連在海邊。

如果我到芭達雅，我要到夜晚的酒吧或夜市，穿一襲灑著金沙的紫色沙麗，叫一大杯啤酒，看過往喧囂的人們，花花綠綠的海灘裝，脫下面具的白人，擁著一個肉感的土著女孩或俊秀的男孩，也有變裝變性人，搖來擺去，我也將忘去一切，拋去一切世俗的定義。

但我還是會選擇一個人，走過人群，走過市集，走向熱帶的森林，看一眼有如粉紅雞蛋花色的天空，躺在海灘上，夜晚的海邊終於有一絲涼意，感覺風在我耳邊穿過，臉頰的汗乾了，冷如石膏像。

東南亞想像

上完東方主義，一個社會所的博士生說：「我只想穿著短褲拖鞋，在東南亞的某個小村落，躺在樹屋中乘涼。」這就好比李維斯陀在抽象的哲學思考中丟掉粉筆，跳上開往憂鬱熱帶的大船。

明顯的，薩伊德的意指的東方是以伊斯蘭為中心，而不是以儒教為中心的東北亞，和以泛靈論「佛教與道家」為中心的東南亞，薩氏的地圖學顯然有點偏。

熱帶確實是憂鬱的，卻是過度文明社會的救贖。台灣正處在東南亞與東北亞的分界，雖然如今的東南亞不是我們所想像的新天堂樂園，但它的血液早已滲透台灣寶島。莫說南島語系的文化影響，來自東南亞的外籍新娘已悄悄改變我們的血液，在南部常常有一整個村落娶菲律賓、越南新娘。我們的漢人血液已越來越稀薄。所謂的南北之分已快被衝垮了。

我的東南亞想像有時是味覺的指引，執著於米飯的胃，首先登陸菲律賓，金黃色的海鮮飯撒上好幾種香料，桌面大的椰子蟹，搭配著七顆星的啤酒；然後是深色濃稠的印度咖哩，長而硬的米粒咬來有點乾燥，搭配小而圓的薄餅；然後是越南的炒板條，一半醬油一半番茄醬，炸得酥脆的蝦卷，飯粒黃而硬；然後是馬來西亞的摩摩喳喳，各種米粿，然後是泰國檸檬雞飯、魚丸麵、有股紙味的米飯、新加坡的肉骨茶，完全無記憶吃過什麼有何特色？我想試著用手抓飯，坐在蔭涼的麵包樹下。

我的東南亞想像有時是雨的聯想，午後的雷雨，淹沒街道，車行被阻在水中，高高的樹屋也進水了，母親抱著孩子坐在屋頂上，呆滯地望著水面，天地回歸宇宙洪荒的世界，鱷魚狂躁，大蜥蜴爬到樹上，豔色的大鸚鵡尖聲驚叫。

我的東南亞想像有時是暈眩，當氣溫高居不下，被汗水淹沒的肌膚像水蛇，陽光白熱如探照燈，人們無處躲藏，洞窟中有些許涼意，那裡或許有石雕佛像，或許是鐘乳石水柱，不同性愛姿勢的雕刻，原住民的陽具袋，那在《印度之旅》中令摩爾夫人暈眩的到底是什麼？而我確實在某年某月，在泰國的鸚鵡園中昏倒，而染上名爲熱帶憂鬱病症，緣於太熱太多色彩所引發的幻覺，在哪裡跌倒的就從哪裡爬起來，我乃從東北亞直下南洋，追溯憂鬱之何從。

我的東南亞想像有時是舞蹈，女人的身體似水般柔軟，手似蓮花，扭動如蛇，手腕腳踝上的銀鈴響如蟬瀑，眼尾上翹的眼瞳有一絲火豔一絲憂鬱，鑲金邊的橘色沙麗飛了起來，如同一幅天邊夕陽。

這樣的想像毋寧也是原始想像，那是遠古的鄉愁，也是對現實的逃避，縱使東協快與歐盟抗衡，而台灣被孤立，東北亞的關係持續緊張，然而文化想像可以像鄭和下西洋，採南海之珠，取珊瑚之屏，坐象神之背，看開屏孔雀。鄭和五度下西洋，死在航途中，葬在麻六甲，漢人追隨其後紛紛定居南洋，現今海外華人十有其八平均分布在那裡，台灣也是其中之一。怡雯從馬來西亞來，說小時候常看大蜥蜴當街走，台灣的蜥蜴小一些，也常在樹林中遊走，他們的身形越來越小，有一天會不會絕跡呢？慣常的，鄉下的房子牆上有一兩隻壁虎爬爬停停，聆聽它們的叫聲，像暮鼓晨鐘。

寫專欄運動（後記）

結尾語，也是懺悔文。

最近一些朋友或正在寫專欄，或正在考慮要不要接專欄，他們惶惑地問我：「到底可不以接啊？」我也惶惑回答：「沒關係吧？沒那麼恐怖，接啊！」

不知道鼓勵人接專欄有沒有罪，回想起來還是有點恐怖，寫越快錯越多，寫越多越曝短，被罵的機率也越高。專欄作業緊湊不容細想，像我這種粗枝大葉的人當然失誤甚多。

以前我算是量少的寫作者，平均三年出一本散文集，較精細而有新意的散文不可能大量製造，只能等待。在等待期我會寫一些其他的東西，專欄文章不適合抒情表現，只能作雜文處理，但需要一個大架構。為什麼寫韓國？說來可笑，因為主編來電問我寫什麼時，我正在機場，剛從韓國回來，正要出關。我雖讀了一年韓文系，但也是門外漢，從韓國寫到東南亞再反照自身，這也只是當時的靈機一動。

寫作近三十年，我不太刻意去想下一步寫什麼，只剩等待、發動兩個動作。

專欄寫作讓我的寫作量變大，我想知道自己在量大時會出現什麼狀況。

狀況之一，速度也可很快，有時一天可寫兩篇。那是不正常的，以前常是一個月寫一篇。這其中是否有些粗製濫造的現象，很有可能，但我本來就打算放鬆寫，雜文不是純文學，至多是輕文學，像我愛好重文學口味的，當然變容易了。不用力寫反而偶有神來之筆，有些篇章特別用力寫，效果也不一定好。

狀況之二，居然很快樂。答應寫專欄同時也在寫論文，讓我更加發覺寫論文是苦刑，寫專欄是得救。我總是先寫一點專欄文字，給自己一點甜頭，才有勇氣作苦工。又因為寫論文時特別嚴肅，寫專欄一時神經放鬆，不免說一點冷笑話。雖不好笑，我自己倒是冷笑不止。

狀況之三，全年無休文字黑手。猶記得除夕與大年初一還穿著睡衣苦戰，打字打到手指發黑。

狀況之四，昏倒。在某段比較軋不過來的時刻，昏倒在書桌前不省人事，醒來時後腦腫一個大包，之後進出醫院，還懷疑腦中長瘤，結果虛驚一場。

狀況之五，讀者來信令人膽顫心寒，讚美是虛文，指正才是真話。政治或古董議題，少碰為妙，本來就不是專家嘛，不過讀者有反應，總比沒有好。

狀況之六，悔恨，羨慕。看到別人寫的專欄也有絕好文字，就後悔為什麼不多考慮一下，下筆嚴謹一些。

寫作如跑步，有些人可跑一百公尺，有些人可跑十里百里。從寫《汝色》之後，創作方法改變，我從百米選手變萬米選手。對於跑萬米的人來說，寫專欄像賽前的百米練習，每次練習都不盡理想，但對跑萬米一定有幫助。

謝謝大家的容忍，在這專欄蔓延的時代，你我都想在大海中撈到一些光亮的什麼，但大多一無所獲。然心靈的交會，總會有一點磨擦，也許也有一點小小火花。

F⑺37不負如來不負卿（散文）	周夢蝶著	240元
F738密室逐光（小說）	李偉涵著	280元
F739我的藝術家朋友們（散文）	謝里法著	240元
F740孤獨的眼睛（散文）	龔鵬程著	250元
F741苦惱與自由的平均律（新詩）	陳　黎著	200元
F742玉米（小說）	畢飛宇著	250元
F743看地圖神遊澳洲（散文）	夏祖麗著	210元
F744逃逸速度（散文）	黃國彬著	200元
F745公主老花眼（散文）	廖玉蕙著	220元
F746愛上圖書館（散文）	王　岫著	250元
F747靠近　羅摩衍那（新詩）	陳大為著	200元
F748一頭栽進哈佛（散文）	張　鳳著	240元
F749一首詩的誘惑（詩賞析）	白　靈著	230元
F750第二十一頁（散文）	李家同著	220元
F751九十四年散文選（散文）	鍾怡雯編	320元
F752九十四年小說選（小說）	蔡素芬編	260元
F753聲納 ——台灣現代主義詩學流變（評論）	陳義芝著	260元
F754喇叭手（小說）	劉非烈著	230元
F755偷窺——東華創作所文集Ⅰ（散文）	郭強生編	230元
F756風流——東華創作所文集Ⅱ（文集）	郭強生編	260元
F757談笑文章 ——夏元瑜幽默精選㈢（散文）	夏元瑜著	220元
F758有一道河從中間流過（散文）	陳少聰著	250元
F759漢寶德亞洲建築散步（散文）	漢寶德著 黃健敏編	300元
F760善男子（新詩）	陳克華著	240元
F761就是捨不得（散文）	郭強生著	220元
F762為了下一次的重逢（散文）	陳義芝著	250元
F763你逐漸向我靠近（散文）	李瑞騰、李時雍著	210元
F764紫蓮之歌（散文）	周芬伶著	240元

九歌文庫 764

紫蓮之歌

作　　者：周　芬　伶
發 行 人：蔡　文　甫
責任編輯：胡　琬　瑜
發 行 所：九歌出版社有限公司
臺北市八德路3段12巷57弄40號
電話／02-25776564・傳眞／02-25789205
郵政劃撥／0112295-1
九歌文學網：www.chiuko.com.tw
登 記 證：行政院新聞局局版臺業字第1738號
印 刷 所：崇寶彩藝印刷有限公司
法律顧問：龍躍天律師・蕭雄淋律師・董安丹律師
初　　版：2006（民國95）年10月10日

定　價：240元

ISBN 957-444-343-4　　Printed in Taiwan

國家圖書館出版品預行編目資料

紫蓮之歌／周芬伶著 -- 初版.--臺北市：
九歌，民95
面；　公分. --（九歌文庫；764）
ISBN 957-444-343-4　（平裝）

855　95016512

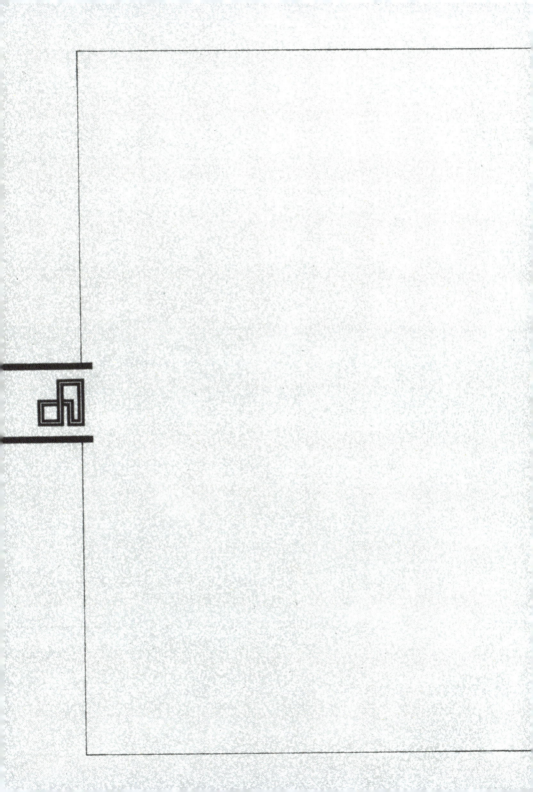